MW01641090

Para siempre en mi memoria

Sonia Guralnik

Barcelona • Bogotá • Buenos Aires • Caracas • Madrid • México D.F. • Montevideo • Quito • Santiago de Chile

1.ª edición: octubre 2000

Avda. Las Torres 1375-A
Huechuraba
Santiago, Chile

Impreso en España
ISBN: 956-7510-55-5
Depósito legal: B. 19.271-2000

Impreso por LIBERDÚPLEX, S.L.
Constitució, 19 - 08014 Barcelona

Para siempre en mi memoria

Sonia Guralnik

PRÓLOGO

VASOS DE CRISTAL PARA EL TÉ

Esa mañana me recompuse la cara con polvos de arroz. Me estaba vistiendo para mi propia boda. Apenas conocía al hombre con el que me iba a casar. Era un joven triste, mejor era no pensar. Lloré.

Mis hermanas dicen que luzco hermosa, que el rosa me favorece, que mi pelo es como seda. Cruzan mis trenzas y las impregnan con los aromas de primavera.

Cuando me vi vestida de novia, supe que hubiera querido estar vestida para ti y acompañarte a Palestina como era nuestro sueño, en las caminatas sabatinas a Vinitza preparándonos para ir a formar la patria.

En vez de eso me casaba con un hombre al que mis hermanos conocieron en un tren, le preguntaron si era soltero.

—Sí —había dicho él—. Me gustaría casarme con una joven con dote.

Me miro al espejo y mis hermanas abotonan las cien perlas de mi espalda y acomodan la cola de mi vestido.

Todos fuimos a la estación dos días antes de la boda. Había muchísima gente. Los trenes no llegaban todos los días y había un gran caos. Vi los grupos de soldados que volvían de perder la guerra ruso-japonesa, Alaska y Manchuria. Había sudor de botas en el aire y los hombres que llevaban la ropa durante semanas tenían el rostro cansado. Pero a pesar de eso, se descubrieron cuando vieron al pope, su sombrero y su báculo. Los oficiales caracoleaban y sacaban chispas a los adoquines de la estación y brillaban las águilas bicéfalas de sus puñales labrados. El pope echaba agua bendita al mundo.

Y recuerdo todo eso, porque era el tren que traía a mi novio, el hombre que apenas conocía.

Entre la multitud resaltó un joven flaco, de grandes ojos azules vestido con su terno sabático y la camisa alba. Venía acompañado de su madre y sus hermanos.

Mi padre se adelantó para saludar a la comitiva.

—Gitl —me dijo—, saluda a tu suegra.

Ahí recordé que habíamos firmado el contrato matrimonial.

Todos fuimos a su casa. El samovar estaba prendido sobre el mueble del comedor, rodeado por bandejas y bandejas de panes, arenques ahumados, jalva y dátiles. El té fue servido en vasos de cristal con manillas de plata acompañado con torrejas de limón. Todo el mundo se atropellaba para hablar. Sólo yo y el joven delgado permanecíamos en silencio.

Mi suegra tomó la palabra. Era bella y un poco altanera. Tan distinta a mi madre que nos dejaba peinarla.

Habló del honor que suponía el que yo entrara a su familia, donde había varios rabinos, recalcó. Y que su marido no venía a la boda, porque era *hassid* y estaba celebrando las festividades con el rabino Saguedere. Después sacó el presente para la novia, unos aros antiguos de oro y rubí que supe que no me los podría sacar nunca más, mientras ella viviera.

El regalo para el novio fue elegido por mi madre, un reloj suizo con cadena de oro que indicaba el día y el mes.

Después de eso, lo más importante era acomodar adecuadamente a la familia del novio. Mi abuela propuso que se alojaran en la casa de su hijo mayor, el casado. La suegra no insistió en irse a la hospedería.

El viernes fue un gran día. Mi novio fue llamado a leer la Torah. Su rostro se iluminó con una sonrisa que yo no conocía. Dialogaba con Dios seguro de que su plegaria era escuchada. Tiene una hermosa voz, pensé.

Así tiene que ser, me dije mientras daba las siete vueltas alrededor de mi novio en el atrio de la sinagoga. Luego intercambiamos los anillos bajo la *jupá*. El novio quebró el plato con su pie derecho.

Caminando lentamente volvimos a la casa, al son de la música de la banda del pueblo. Toda la gente salió a mirarnos. Avanzamos por la calle principal de Brailov. Los niños arrojaban pétalos de flores al paso de los novios. Los mayores gritaban *mazel tov*, *mazel tov*.

La fiesta duró tres días. Vinieron todos los parientes de sus respectivos pueblos. Y se volvieron en otros trenes que pasaban lentos como fantasmas en medio del calor del verano.

Y el cielo no se desplomó, la tierra no se partió en dos, yo no me evaporé y tal como habían acordado mis padres y mis hermanos me casé con Samuel.

Pasarían diez años antes de que él, que ya no era flaco y que tenía los ojos azules más severos, tuviera que partir a Chile de un día para otro. Estaba en la mira de los bolcheviques y él les tenía miedo.

1

GITANOS EN BERDICHEV

Todo sucedía en el mundo sorprendente de la feria. Ese día, los kioskos florecían, repletos de colores y de gritos. Mientras Leizer armaba los palos de la tienda y los juntaba con los tabiques estirando el toldo, la multitud sacaba chispas al ir y venir en medio del apretado espacio entre los feriantes. Las telas de Amalia, su madre, se vendían lentamente. Con regateos, iban desprendiéndose del mostrador, como barcos majestuosos al dejar el astillero. Eran sin lugar a dudas lo mejor de la feria y caían como un arcoiris lleno de hilos de oro y encajes. Amalia era diestra: tan seca como su piel eran de seguras sus palabras. Nadie se atrevía a gritarle o a contradecirla. Cuando afirmaba que una tela como ésa no existía desde Berdichev hasta Novgorod, es que era realmente así. Hasta los más ladinos pagaban en silencio ante su kiosko, erguido un poco más alto que los demás y ante su rostro de ojos profundos.

Leizer iba y venía desplegando cortes a la luz del sol para que los colores pudieran apreciarse, desdoblando los magníficos géneros aterciopelados. Las mujeres dejaban resbalar su codicia y sus manos por las telas. Traían a sus maridos y los codeaban, insistentes, para que vieran la finura de la trama. Los géneros hacían un chasquido sordo al desdoblarse, como el paso de un rey.

Todo podía suceder en el mundo sorprendente de Berdichev. Leizer, el niño, estaba brillante de orgullo. Ya era el hombre de la casa.

Tenía diez años y ya no iría más a la escuela. Recorrería los pueblos con su madre, vendiendo ornamentos y géneros preciosos en ferias y conventos. Era un futuro de hombre y Leizer irguió el pecho.

Mirando a lo lejos por la ventana su madre le había contado cómo la habían casado muy joven con un viudo veinte años mayor que ella. Un hombre docto en la Ley, le dijeron, será un honor para ti.

Amalia fue al matrimonio con todas sus muñecas y su oso Nicolás. Era una muchacha sin dote y no sabía bien en qué consistía el honor de tener que casarse.

Leizer temía a su padre. Junto a él, los niños no existían. Nada tenía importancia sino el silencio que había que guardar después de las comidas, mientras su padre reposaba. Una visita solemne con la que no se podía reír.

Amalia miró a su hijo con el alma llena de lágrimas mientras preparaba el bulto para partir a Berdichev. Ya no iría más a la escuela y sus manos crecerían grandes y rojas. Pero Leizer reventaba de orgullo. Ya era grande, más que ningún otro hermano, más que ningún niño del pueblo; era nada menos que el hombre del carro. Conduciría a su madre a los negocios de la gran ciudad, la única con cruce de trenes.

Se peinó cuidadosamente y se puso, en silencio emocionado, sus primeros pantalones de hombre hechos de un caftán de su padre. Enseguida tomó la fusta de los caballos y miró por la ventana la noche sin amanecer. Abajo, la figura de su madre daba gritos y órdenes con los pies forrados en piel como un oso. Cerró los ojos y bajo sus pestañas apareció su verdadera madre, la de la grácil figura de niña enmarcada en dos trenzas doradas, prendiendo las velas del *Shabbat*.

—Leizer —llamó ella desde abajo. El niño bajó de un salto.

En el patio, aún a oscuras, el gallo de la madrugada cantaba mirando a los viajantes. Amalia se acercó a su hijo y nerviosamente le arregló el cuello de la camisa.

No salía el sol. Pero todas las velas de la casa estaban prendidas. De pie en el pescante, Leizer arreó los caballos, gritando para que sus hermanos lo vieran a cargo del mundo.

Viajaron la mitad de la noche. Y mientras el día apenas comenzaba, Leizer contempló estupefacto cómo el gentío de la feria se iba volcando sobre la plaza de Berdichev. Los gritos, pértigas, faldas arremolinadas de las mujeres con los brazos llenos de collares, vestidos colgados en perchas, cajas y más cajas de cintas, sombreros y más y más telas cubrían el ruedo de la plaza por donde transitaban los compradores. Ahora, toda esta multitud que se agolpaba y las risas asustaron a los caballos que se negaron a avanzar. Amalia comenzó a insultarlos en ruso. Al sorprender la mirada interrogante de Leizer, Amalia enrojeció.

—Son caballos *goyim*. Ningún otro animal es tan porfiado —dijo. Leizer, lleno de dignidad, bajó del carro y tomó a los caballos por la brida. Así habían llegado a Berdichev. Durante más de sesenta años, Leizer se acordaría de aquella mañana neblinosa que estallaba de rayos de sol oblicuos sobre el hirviente movimiento de la plaza.

Ya estaban allí hacía rato y Leizer resultaba indispensable. Las demás vendedoras lo llamaban con sonrisas, con pequeños silbidos. Leizer corría abriendo cajas, desempaquetando objetos, descolgando pesados ganchos con mercadería.

—Qué buen mozo es tu hijo, Amalia —le decían las vendedoras a su madre y Leizer enrojecía con la fuerza del que se siente necesario. La mañana pasaba llena de movimiento.

De súbito, un sonido distinto llenó los oídos de Leizer. Éste volvió la cabeza. Eran las campanillas sobre las campanillas. Eran los gitanos.

Las viejas, allá en su pueblo, serio y sin música, le habían hablado a menudo sobre estos fantásticos saltos en el trapecio. Se trepaban como una luz por las copas de los árboles. Eran nada menos que los titiriteros, con sus muecas y sus músicas de boca, atronando dulcemente el sol de la feria. Orientado por las campanillas que siempre parecían lejanas, Leizer comenzó a caminar con la cabeza vuelta hacia la esquina más próxima de donde salían los sonidos mágicos.

Pasó por otros kioskos y de súbito comenzó a advertir gente distinta, con la cabeza descubierta y largas faldas tornasoladas. Eran los gitanos, de pañuelos de colores, mujeres con panderetas; los caballos de los cosacos con las colas engalanadas, cintas y cascabeles de plata, los riquísimos colores de los chales de las magas; dejando el zumbido de su rapidez, se oían las piruetas de los saltimbanquis pintados con mallas de colores; los vio tomar impulso sobre el suelo y partir como un elástico hacia el cielo; todo parecía una vuelta de campana. Leizer miró los negrísimos ojos de una niña malabarista que lanzaba al aire una cadena sin fin de peces de oro. Sin saber cómo, le pusieron en las manos un pandero y se vio en un redondel, acompañando a un oso de pompones rojos en las orejas y a una gitana, en una loca danza, donde sus piernas y su corazón se hacían cada vez más ligeros, subiéndose por uno de los rayos de ese sol.

Frente al escenario rojo y dorado, una gitana revestida de color miel, leía la buenaventura con naipes. A Leizer se le fue el día y la hora y su seria misión de hombre de la casa. Se quedó con los bolsillos flotando al viento y la boca abierta, mirando bailar a la mujer más bella del mundo, mientras caían monedas de plata a su derredor y la gente reía.

Y nadie supo jamás que Amalia y Leizer se cruzaron en esa calle de Berdichev de esa mañana enfiestada; cada uno en medio de un tumulto que venía en sentido contrario y en medio de las coces de los animales y de la confusión que esparcía nubes de polvo. Los jirones de los brillantes colores iniciales se iban destiñendo y ya no eran como los anunciaba el gallo de la mañana.

Cuando advirtió que estaba perdido, comenzaba esa hora de luz entre dos aguas que rueda a las siete de la tarde por la tierra. Los cosas adquirían un tinte engañoso y ninguna calle era la misma dos veces. Leizer se sintió dando vueltas en redondo como en una noria y llegando a la parte que no era, cada vez con mayor desesperación. El temor se unía al silencio y al mirar embobado de ese mundo distinto. No podía sustraerse al encanto de los títeres y de la música.

En la noche, se halló sentado entre gentes vestidas de malla, que hacían aún maromas y comían pan con cebolla, arenques y que lo miraban como pequeños aguiluchos.

Un perro ladró furioso. Leizer se dio cuenta de que estaba a miles de kilómetros de los suyos. Si no encontraba a su madre, jamás saldría de allí. Sería como vivir toda su vida en una feria. Trató de retroceder, pero las gitanas se acercaban e impedían con sus faldas y risas el camino de regreso; corrió llorando a la plaza; pero a esa hora estaba desierta.

La luz se retiraba a pasos agigantados. Los palos y tabiques del kiosko de telas se habían borrado por completo, como en un sueño.

Cuando Leizer golpeó esa mañana de mil novecientos treinta la puerta de la pensión de la señora Gitl en la calle Echeverría, ésta se dio cuenta inmediatamente, al ayudarle con sus maletas y quitarle el abrigo, que don Leizer no venía a hacerse la América como tantos otros emigrantes, sino simplemente era un hombre que se había extraviado hacía mucho tiempo y que buscaba a alguien.

—Otro gringo triste —contabilizó.

Y no le extrañó nada. La mayoría de los emigrantes eran muy tristes. Sólo que don Leizer, a pesar de su edad y de la profusión de maletas, copones, *taliths*, libros y filacterios con que venía, a pesar de la timidez y severidad de sus facciones, siempre le pareció un niño perdido en busca de su madre. «O de Dios», decía la señora Gitl con una teología propia que habría hecho rechinar a los estudiosos.

—Porque, a fin de cuentas, uno pasa en esta tierra buscando a Dios, aunque no se dé cuenta.

Y trataba a don Leizer de manera preferencial, tal como se trata a los niños perdidos. Le daba los mejores platos, le sonreía en las mañanas y era el único que conseguía su famoso *camishbroit*.

Pero don Leizer miraba siempre hacia la puerta del comedor, en un decaimiento total, como esperando ver aparecer a alguien.

Pronto se dio cuenta la señora Gitl que su puerta era la última que don Leizer había golpeado después de toda una vida. Estaba muy enfermo. Cuando llegó la primavera a esa calle del barrio Independencia, él ya no pudo caminar más. Entonces lo tendieron en la *chaise longue* de la señora Gitl, en el comedor.

La ventana calmaba a don Leizer. Se veía entrar la calle y el ruido de la vida por ahí y el tibio sol de las mañanas.

Un día despertó muy inquieto. Pidió que lo llevaran inmediatamente a su sitio y trató de abrir la ventana con sus manos blancas. Desde fuera venían lejanos ruidos de tamboril y gritos.

—Qué buen ojo tiene don Leizer —dijo la señora Gitl—. ¿Cómo adivinó que hoy venían los gitanos?

Don Leizer se incorporó temblando, sus fuerzas se le iban y miró a través del vidrio. Por el medio de la calle venía un saltimbanqui sucio, recogiendo los duraznos que caían de los puestos de frutas.

Traía un mono tití en la cabeza. Casi no tocaba los adoquines, manchados de fruta madura. Dos gitanas de cabellos color caldero se deslizaban por entre los asistentes, ofreciendo sacar la suerte, hermoso, por unos pocos pesos, dame tu mano, ¿eres de aquí?, y taconeaban hincando las caderas en la calle.

Don Leizer se escondió, tiritando, detrás de las cortinas del comedor hasta que pasaron los sones de la armónica que las acompañaba y la calle volvió a quedar soñolienta.

—¿Le abro la ventana, don Leizer? —dijo la señora Gitl. Él asintió y se apoyó en el alféizar para ver pasar de nuevo la vida.

El griterío de los vendedores en carros invadió como una marea el oscuro comedor de la pensión. Los artesanos con sus telas, sus cerámicas y platerías, mostrando los objetos en el borde de las carretas. Un policía trataba inútilmente de hacerse obedecer. Los niños estaban enloquecidos y correteaban bajo las ruedas. Don Leizer se incorporó. Una luz brillaba en sus ojos azules.

—Ahí está —dijo.

Y sacó el brazo hasta la calle.

—¿Quién? —preguntó la señora Gitl asustada por la mirada detenida de ese hombre triste.

—Mi madre —dijo don Leizer sencillamente. Y se levantó con gran trabajo.

—Espera un momento, voy a ayudarte a descargar.

Don Leizer dio dos o tres pasos y se desplomó en los brazos de la señora Gitl.

2

UN HOMBRE COMO DIOS MANDA

La señora Gitl siempre se sentaba a la mesa del comedor muy derecha, con las manos posadas como sobre un piano.

—En Rusia yo tocaba conciertos de Chaicovsky, bordaba faisanes en *petit-point* y miren estas manos mostrándolas a todo el mundo.

Mentira. No a todo el mundo, en realidad se las mostraba internamente nada más que al serio rabino que permanecía detrás de su barba sin sonreír, ni a la señora Gitl ni a nadie. Entonces la señora Gitl se iba a la cocina, prendía el fuego, rezongando, y traía una inmensa sopera a la mesa de la pensión.

Hasta el rabino Piltnik se animaba un poco a la vista del vapor que salía de la fuente. Pero apenas aparecía el caldo, el desencanto se apoderaba de todos: una sopa de huesos, bistec de hígado, ensalada de pepinos sin aceite. A veces, corbatitas con sémola, en los días en que el humor de la señora Gitl decaía aún más y acentuaba el mirarse sus manos que debieran haber sido de artista, o por lo menos, de dama.

Nadie tenía tiempo para escuchar los lamentos de la señora Gitl ni siquiera de mirarla: había que comer rápido. Incluso el adusto rabino se dedicaba a matar el hambre en la calle Echeverría, en la «conveniente» pensión de la señora Gitl. Frecuentemente, su marido, hombre mínimo, llegaba tarde, guardando avergonzado su maleta con los objetos del «semanal». La señora Gitl lo saludaba desabrida. La mayoría de las veces le gritaba desde la cocina: «No queda nada. Siempre te entretienes con tus Marías, ahí ves lo que te pasa.»

El marido no contestaba o pedía un pedazo de pan. La señora Gitl se extendía acerca del tipo de las Marías, a las que ella creía una raza, por supuesto tan vulgar, que sólo llevarían a la ruina a su Samuel.

—Nunca has sabido con quién tratar.

La discusión iba subiendo de tono. El marido hacía un gesto como para alejar moscas. Ella, gritaba aún más. «Mira cómo me tienes, yo que en Vinitza tenía una pieza para vestirme.»

Después venían las lágrimas. La señora Gitl siempre se sentaba junto al terrible rabino para llorar. Su olor a blancura perfumada trascendía el horizonte, y hasta Piltnik se compadecía un poco de las gastadas manos de la señora Gitl, venida tan joven desde Rusia cortando una brillante carrera de artista y, sobre todo, de dama, terminaba ella con un último sollozo. Enseguida se iba a la cocina y traía la compota de manzanas.

Nadie se podía librar de ser espectador de las lágrimas ni de la tragedia de la señora Gitl, por la sencilla razón de que se quedaba sin postre y no estaban los tiempos para quedarse sin postre, ni siquiera el invulnerable rabino.

La señora Gitl servía la compota con amplios movimientos de su majestuoso brazo. Cuando llegaba al rabino Piltnik se detenía un poco más en su platito de postre de porcelana de línea azul. Y el dulce jugo repletaba el pocillo con una aglomeración de manzanas medio deshechas.

La compota de manzanas era lo único que valía la pena de la pensión de la calle Echeverría y, a veces, cuando los integrantes estaban tristes, lo único que valía la pena en aquellos tiempos tan difíciles para surgir de la pobreza.

En realidad, todos los que estaban ahí eran pobres. Habían venido a la América dorada con esperanzas de lingotes aparecidos por el suelo que les permitieran comenzar una vida digna sin persecuciones ni *pogroms*.

—¿Ésa es toda la comida? —Era la voz risueña de Beñi, el hijo del rabino, que sacaba una raspadura del mantel, para comérsela. Los comensales contenían apenas la risa. El muchacho era encantador. La señora Gitl se erguía como un barco de guerra.

—¿Y ustedes pretenden comer caviar con lo que pagan? —La señora Gitl terminaba la discusión retirando violentamente las tazas de té.

Después de la exigua comida de la pensión, Beñi, con las manos en los bolsillos vacíos, mirando a los demás muchachos ir al biógrafo para tomarle la mano a las del barrio más cercano, soñaba con la Schlomit, la exquisita e inalcanzable rubia que vivía en la cuadra vecina a la calle, yendo al Mapocho a tirarles piedras a los guarenes y ver cómo se metían en los ductos del alcantarillado, esperando que un día la blanca señora Gitl tirara la cadena de su excusado y le apareciera un ratón pidiendo compota de manzanas. Beñi soñando con trabajar en un *kibbutz*, tendido en el Parque Forestal, mientras caía la suave flor de los ciruelos, leyendo *El Estado Judío* con la respiración tomada por la admiración, inclinado sobre partidas de ajedrez que decidían y daban el color a vidas de hijos de emigrados que ansiaban la paz. Pero Beñi no sólo ansiaba la paz, sino la conquista del mundo, del Portal Fernández Concha con las mujeres de ojos bellos, que salían en las tardes, de la calle Puente, de las aulas de las universidades. ¿Qué vas a estudiar, Beñi? ¿Medicina y ¿tú? Ingeniería, y ¿tú? Leyes y ¿tú?

Beñi tendido en el pasto, mordisqueando una pajita o un tallo, eran días inmensos, tan, tan anchos en que se abrían todos los abanicos del futuro.

Qué adustos eran los mayores, no los entendía, qué manías, qué ritos, Torah, mandatos tan amargos, encerrados en las cajas de sus ritos apresados por sus *taliths*; no lo decía a nadie, pero tenía el secreto de la felicidad, y no hubiera podido decirlo a su padre. El adusto rabino aprovechaba el café de los almuerzos de la pensión para lanzar sus diatribas sobre la liviandad de las mujeres, de sus cabelleras, cortadas a la garzón, del pecado que las amenazaba.

Cuando el rabino hablaba, uno por uno se iban retirando los comensales hasta quedar sólo la señora Gitl que, muy derecha, extendiendo los blancos y mórbidos brazos en el aire se arreglaba el pelo, que debió de ser muy bello.

Pero el rabino era ciego, pensaba la señora Gitl suspirando. Ni siquiera se fijaba en que se había vuelto el pelo hacia la izquierda en vez de llevarlo hacia atrás con el moño de dueña de pensión... no, ella no había nacido para ser dueña de pensión... mientras el rabino vociferaba acerca de las prostitutas que formaban la comunidad y los hombres lascivos y los ladrones del mundo entero; ella, la señora Gitl, acodada en la mesa con el sueño de la siesta, miraba moverse su barba e hincarse sus ojos de fuego. Qué distinto era de su Samuel, hombre huidizo que llegaba sin hacer ruido, cobrando el semanal a las Marías. Este Piltnik sí que era un hombre terrible, pensaba, se relamía, mirándolo. Por otra parte, mientras más lo miraba la señora Gitl, más nervioso se ponía el rabino y más responsos de culpa lanzaba sobre la colectividad. Ellos que empezaron sorprendiéndose de este vociferante e irascible personaje que lanzaba anatemas, que no soportaba que se riera ni se bailara en su presencia, los desconcertó al comienzo, y fue cansándolos poco a poco. El rabino era causa de todas las peleas que ahora último se producían en una comunidad que debiera haber sido más unida que nunca, en las penas del exilio y en la esperanza de una tierra nueva. Pero no funcionaba así. Osías Piltnik levantaba su dedo amarillo y lo descargaba como una espada sobre las cabezas de los fieles.

—La conducta inmoral de esta colectividad —rugía— es Sodoma y Gomorra. Dios tenga piedad, he rogado por ustedes, por vuestra fe perdida. Los hombres no asisten los sábados a la sinagoga. Las mujeres han perdido el respeto a la casa santa, no se cubren el cabello, acortan sus vestidos, no van los viernes al baño ritual.

Era difícil oír al rabino. En el comedor de la señora Gitl no quedaba nadie. Todos se iban para sus piezas, reclamando de la peste de furia que les había caído encima y que no los dejaba ni divertirse siquiera. La sinagoga comenzó a estar cada vez más desierta. Sólo la señora Gitl, sin oír lo que decía, se acercaba un poco al rabino a sentir su fuerte olor a humo y a amenaza y moverse su barba inconmovible.

Una tarde, una pequeña tarde de primavera, después de almuerzo, cuando el calor comenzaba a calentar sobre la comunidad maldita por el rabino, éste se dio cuenta de que la señora Gitl era la única persona que lo oía fielmente, acodada en la mesa se dio también cuenta de que la señora Gitl había sido muy bella, con su piel de porcelana y su cuello que terminaba en un bellísimo comienzo de los pechos. El rabino se espantó de tales pensamientos y redobló sus diatribas, convencido de que Satán se vengaba de él, inyectándole pensamientos impuros. Pero la señora Gitl, como una gata al acecho de un pájaro, sintió lo que pasaba por la mente del rabino y sus ojos se pusieron verdes de excitación.

Se acercó más. Su codo y el comienzo de su brazo, toparon apenas la manga oscura del traje de Piltnik. Éste se apartó espantado.

Entonces la señora Gitl, segura del poder de su belleza perdida y de la persuasión de sus inmensos senos, y de su garganta blanca y de la falda fina, que ocultaba sus várices, se abalanzó sin pensar. Se puso de pie y abrazó al rabino; éste permaneció sentado y petrificado por el horror del ataque, atinando únicamente a levantar sus brazos como si volara, mientras la señora Gitl lo tenía bien sujeto y apresaba todos sus años de frustraciones y de deseos de grandeza y de afecto besándole locamente tras las orejas y llamándolo su amor, su único amor. Los terribles pechos de la señora Gitl atacaban al rabino como dos palomas de fuego en el sopor de la siesta. El rabino estaba seguro de que estaba siendo atacado por un espíritu del mal de la colectividad; apenas pudo recuperar el habla, lanzó su potente voz contra la tentación ordenándole que se retirara, que no tentara a los elegidos de Dios; la señora Gitl no hacía ningún caso y continuaba sus audaces acercamientos cada vez con más pasión.

De pronto, se oyó una débil tosecita junto a la puerta. Samuel, el esposo de la señora Gitl, estaba mirándolos sin atreverse a entrar.

La señora Gitl se enderezó de un golpe, deshaciéndose de las manos petrificadas de Osías Piltnik, se soltó el pelo y cayó en el más desgarrador llanto que se vio en la colectividad desde los días de la pérdida del Templo. Lloraba para salvarse y también por sus ilusiones perdidas, por la dura corteza de aquel rabino inapelable, porque ella debió ser una gran dama y sólo era una vieja de pensión con las manos enrojecidas y las zapatillas rotas. Lloraba por los versos de Puschkin que se había aprendido de joven y que para nada le habían servido en la vida; la señora Gitl lloraba de verdad.

El rabino, horrorizado, inició las explicaciones a la lenta figura de Samuel, que lo miraba con un dejo de burla y otro poco de pena desde su cara de ojos minúsculos y su mentón saliente. Pero Samuel detuvo la andanada de palabras y oraciones del rabino.

—Quiero que se vaya de Chile —le dijo, sin otorgarle el tratamiento de respeto debido, ni siquiera llamándolo por su nombre.

El rabino se quedó sin habla.

—Pero cóm...

—Así no más. Queremos que se vaya —dijo Samuel, que era hombre de muy pocas palabras, tan pocas que apenas cobraba el semanal indicando con los dedos la cantidad.

El rabino no pudo soportar la escena de su caída. Salió huyendo del comedor de la pensión Echeverría.

Esa tarde, la comisión de vecinos que venían con Samuel, que ya no agachaba la cabeza, llegó a pedirle, no, mejor dicho a exigirle, que abandonara Chile y el puesto de rabino a cambio del pago del pasaje de regreso.

El rabino oyó estupefacto a los amotinados. No sólo no se atrevió a replicarles con una maldición, sino que débilmente logró articular:

—Pero por qué, quier... yo... yo...

Samuel dirigió las negociaciones. El rabino partiría de Chile a lo máximo con un mes de dilación, lo suficiente para que la colectividad —dijo Samuel— juntara el dinero para los dos pasajes de regreso, el de él y el de Beñi, sin que esto supusiera, en ningún caso, en ningún caso, repitió Samuel, que se deseara la partida del muchacho, que había demostrado resultar un elemento altamente positivo y se había captado las simpatías de todos. El viaje se haría partiendo desde Valparaíso.

La colectividad miraba boquiabierta a Samuel, que se había transfigurado de pronto, desde el humilde papel de semanero a crédito al de pionero conductor de los intereses de emigrantes. La gente cuchicheaba, un nuevo Moisés, míralo cómo habla.

Sin dejar hablar al rabino Piltnik, Samuel, el humilde Samuel de la señora Gitl, al que todos se referían como el trapero de la señora Gitl, que recorría los conventillos anotando nombres y desembolsando ínfimas mercaderías a plazo... eso se había esfumado ante la aparición de este nuevo hombre vibrante, que recolectó en una sola tarde, en medio del silencio y de la aquiescencia gozosa de todos, el dinero para la partida de Osías.

Y fue tan doloroso para todos tener que separarse de Beñi, quien recibió horrorizado la noticia de su partida, justo en el momento en que se preparaba para la universidad, para conquistar a la Schlomit Wiessel, para correr regatas en el Mapocho ese verano, para los finales de ajedrez, para leer las obras completas de Nietzsche, compradas en San Diego. Beñi se abrazó llorando con toda su adolescencia a los pies de su padre, que se mantenía frío, rígido, y le rogó que lo dejase en Chile, que él pertenecía a la Unión de Jóvenes Sionistas, que él quería, después de su título, irse a Palestina. Todo esto lo oyó el increíble rabino y al final de su llanto, le ordenó:

—Empaca.

No se dijeron nada más. No se volvieron a hablar ni durante la travesía, ni en la vida. Beñi se fue, alto, delgado, triste.

Nadie más acompañó al rabino en su regreso a Rusia. Sólo fue Samuel, correctamente vestido con el ambo oscuro de los casamientos y un sombrero de fieltro en la mano.

A la vuelta, lo acosaron los integrantes de la pensión Gitl. En la calle Echeverría hervían los chismes y Schlomit Wiessel pudo pasar balanceándose por la calle sin que nadie se asomara a las ventanas para verla.

Todos se lanzaron arriba de Samuel, que qué había dicho el rabino, que si había dado las gracias por los pasajes, que cuánto iba a ser la cuota, que si se había ido vestido de mago medieval, con el sombrero redondo de piel y el caftán de alpaca negra, que si llevaba o no maletas, que si iba o no rezando, que si había maldecido a las mujeres que se subían al barco, que si iba o no recitando sus virtudes mientras caminaba. Que si gritó de nuevo que este país era Sodoma y Gomorra y que no encontraba ni diez justos para salvarla.

—Sí —dijo Samuel, sonriendo, contestando sólo a la última de las preguntas—. Eso gritó.

Todos ovacionaron a Samuel. Entonces, éste se asomó a la cocina y con voz potente, derecho —de súbito pareció mucho más alto de lo que era—, gritó:

—Gitl, trae la compota de manzanas y las galletas de amapolas.

Rieron hasta las lágrimas. Y todos aplaudieron, porque había empezado a aparecer por fin en este mundo un hombre como Dios manda.

3

MANTEL DE GRANITÉ

Ese día doña Gitl calculó que su regla se atrasaba seis semanas. Sintió pánico en medio de las ollas, de los malestares y de la lejanía de los suyos. «¡No puede ser!» Se palpó la pretina de la falda, parece que hubiera engordado. Freír cebollas en la injundia le producía asco. Miró el montón de trastos sin lavar y cerró los ojos.

Vio a su hijo Jaime pasearse mientras repasaba una y otra vez los apuntes del bachillerato. Su hijo sería lo que su marido no fue, doctor, una de las profesiones nobles. Ella le dejaba a Jaime y a sus compañeros el termo con café, panes con salchichón y queque, los muchachos estudiaban hasta tarde, hasta demasiado tarde, la calma de la noche ayuda a concentrarse, decían. No podemos estudiar de día, mamá, con el ruido de los hermanos, las ollas, los pensionistas entrando y saliendo.

¿Con mis cinco chiquillos criados y ahora otro más? La señora Gitl volvió a sentir pánico.

Siguió estirando la masa, después comenzó a pelar

unas papas con mucho aspaviento. Estoy embarazada, por eso me resulta tan difícil cocinar, pensó; quitó las hebras de los porotos verdes. Cortaré unos nabos, dijo en voz alta.

Las verduras hervían pausadamente; se preguntó cómo había aprendido a cocinar todo eso, cuando en su casa, antes de casarse, jamás entró a la cocina y leía a Dostoievsky en ruso.

Comenzó a mancharse con salpicaduras de aceite, Otra vez olvidé cambiar el vestido por un delantal.

Samuel trabaja y reza, reza y trabaja, no me ayuda con la pensión. Mi marido: un eterno optimista, cree que ésta es la «Tierra Dorada» porque no le teme al zar, los hijos están estudiando y tenemos para comer, piensa en las «Marías» me dice, a las que desprecias, trabajan más que tú y tienen menos. Él jamás aceptaría un aborto, pensó ella.

Era igual a cuando había dicho: «No se hablará nunca castellano en esta mesa.»

Doña Gitl miró la cocina, esto no puede ser la «Tierra Dorada»; justo ahora que habían amoblado la sala, el comedor con dos trinches, las sillas de caoba y la Emerson comprada a plazos en La Barcelona. Ya no hay espacio ni fuerzas para un nuevo hijo, pensó mientras giraba con desesperación su anillo de bodas.

Al día siguiente estaba de pie en la botica Verona.

—Mire cómo tengo las manos, don Juvencio —dijo, arreglándose el pelo en el espejo.

—No se preocupe, doña, le voy a preparar una loción de benjuí y agua de rosas. —Don Juvencio fue al recetario y se cobijó tras una cortina. Ella lo siguió. No sabía dónde poner la cartera y miraba hacia afuera todo el tiempo. Es que tengo que preguntarle si tiene algo...

—Usted no es la primera —dijo don Juvencio sin sacarse los anteojos—. Se tomará tres de estas obleas diarias y un baño de tina muy caliente.

—¿Es seguro? —preguntó doña Gitl.

—Y si no, tengo una persona de toda mi confianza —dijo el boticario y se sacó los anteojos.

Llegando a su casa, ella cerró con llave el baño. Preparó la tina, sacó cuidadosamente el jabón de la jabonera dorada; se sintió algo más liviana.

Los pensionistas se extrañaron al ver salir vapor a mediodía y el tiempo que se tomaba la dueña de la pensión en el baño, en vez de preparar el almuerzo. Ni siquiera estaba puesta la mesa.

Y mientras doña Gitl se encremaba con la «Crema del Harem», pensaba, uno por uno, en todos sus hijos. Y en que ya era tiempo de reponer algunas ollas, de empapelar el vestíbulo. Se compraría un sombrero para Jon Kipur. No dejaba de pensar en un negocio para Samuel, un negocio de sacos en el Baratillo, ahí podrían trabajar los dos. Podría hacerlo si no llegaba un nuevo hijo.

Y cuando nos cambiemos de barrio, Samuel deje el semanal y yo la cocina, habremos llegado a América.

En esos días se empezó a notar el olor rancio de restos de comida, cajas de tomates vacías que se apilaban descuidadamente en el corredor. El fregadero estaba abarrotado de tiestos sin lavar, camisas arrugadas, calcetines que colgaban de una silla.

La pensión había dejado de ser el centro de interés de doña Gitl. Este embarazo no era como los otros, los mareos, falta de sueño, palpitaciones, la tenían tan preocupada que decidió ir al médico; éste sería más sabio que doña Carlota, la partera que la había ayudado a tener a sus hijos. Consultaré un médico del centro, de los con consulta particular.

Se vistió con su traje sastre negro, la blusa blanca estaba limpia y planchada, desdobló su juego de ropa interior para ir a la modista o al médico, que guardaba en una bolsita.

La consulta era por orden de llegada. Hacía tanto calor, se sacó la chaqueta y tapó la cartera gastada en las orillas. No pudo hojear las revistas, como hacían las otras. ¿Se habrá acordado Jaime que la leche quedó en la heladera? Ojalá no se quede estudiando de noche otra vez. Faltaba una persona y ya había anochecido. Ah, y no barrí la vereda, pensó. Y se puso muy nerviosa.

Cuando le avisaron que era su turno, no fue capaz de levantarse, como si tuviera un hierro en el estómago... se cayeron sus guantes.

—¿Fecha de su último período?

—Mediados de octubre, doctor. —La señora Gitl miró el polvo de la lámpara.

Cuando se abrochaba la faja, después del examen ginecológico, el médico le anunció que no estaba embarazada.

—Éste es un período natural, señora. —El médico

consultó las fecha para ver su edad, se limpió los anteojos—. Tendrá que tomar este remedio, para evitar estos trastornos. Venga a verme dentro de tres meses.

La señora Gitl salió de la consulta volando con alas propias. No se había dado cuenta de que los árboles florecían en medio de los diferentes tonos de verde. Samuel jamás le hubiera permitido un aborto. Cuando la luna nueva apareció por sobre su hombro derecho, supo que de ahora en adelante todo iría bien. Jaime será médico, compraremos el negocio en el Baratillo y voy a tener a alguien que me ayude en la casa.

Esa noche los paisanos de doña Gitl tuvieron una fiesta y nadie supo por qué. En vez del mantel de hule, apareció un mantel de granité nuevo.

4

COMO EN LOS ANTIGUOS PALACIOS DE RUSIA

Esa mañana la señora Gitl se despertó con la cabeza tan abombada que creyó que se le iba a partir como una sandía. De pronto miró el comedor y encontró que sus comensales eran tantos como las arenas del mar; todos voraces y que ella no tendría fuerzas para seguir cocinando. Tenía demasiadas cosas en que ocuparse y ese dolor de cabeza que la seguía como un perro faldero. Se miró al espejo y se dio cuenta de que por primera vez en su vida iba a tener jaqueca.

Y se preparó para tenerla, corrió todas las cortinas de su cuarto y puso un paño mojado en vinagre en el velador. Enseguida, fue abajo y avisó que ese día no habría almuerzo caliente, que se sirvieran la ensalada de tomates y pepinos que había en la cocina ya dispuesta con los huevos duros que estaban en el aparador, que le pusieran sal sin botar al piso y que, por favor, no mancharan las servilletas.

Y subió la escalera, preparada para entrar en la pieza, decidida a tenderse y no hacer nada. El estómago le sonaba y tenía la boca seca.

Pero justo esa tarde en que la señora Gitl se había preparado para su primera jaqueca ocurrieron dos cosas muy distintas que no la dejaron ni siquiera tenderse sobre la colcha de su cama y taparse con su cobertor de Rusia.

Una fue el timbre. Era la Minduca que traía el lavado, las sábanas y el mantel para el día viernes en la noche. La señora Gitl calculaba que tendría lavado por un buen tiempo, a la Minduca le gustaba encalillarse y comprar al semanal a su marido.

La ropa venía impecable y con un leve olor a almidón que daba un aspecto de respetabilidad.

El timbre perforaba el silencio, la señora Gitl tendría que levantar su cuerpo que le pesaba como plomo y bajar a abrir.

La Minduca entró de sopetón con sus chancletas, sus calcetines de hombre y el chaleco negro sin abotonar. Su sonrisa, con todos los dientes.

La otra cosa: un altoparlante invadió los rincones más apartados del barrio, atronando que nadie se moviera, que se daba comienzo al operativo policial. Nadie podía salir desde ese momento, los inquilinos aparecieron en el patio, excitados y preguntando qué pasaba.

Mientras, la Minduca entraba a la casa, empujando y rezongando que casi la mataban, protegiendo la bolsa para no arrugar la ropa.

—Señora, qué le pasa, no me abría nunca, casi se acriminan conmigo. —La lavandera se esponjaba y se sacudía el miedo—. Tienen cortado el tráfico desde el río Mapocho, dicen que no habrá agua ni luz esta noche, afuera están cantando:

Quisiera ver a Ibáñez
colgado de un farol
con media lengua afuera
pidiéndonos perdón.

—Ni agua ni luz —repitió como autómata la señora Gitl—. No se vaya, Minduca —dijo después—, no se vaya esta noche.

—No pues, ¿no ve que al que sale lo hacen papilla? Por supuesto que no puedo salir, no hay nadie con teléfono allá en la población.

—¿Dónde pongo la ropa, patrona? —preguntó, balanceando el gran paquete que traía entre los brazos.

—Ah, en cualquier parte —contestó la señora, sintiendo su cabeza dar vueltas como una calesita.

Entonces la Minduca fue al aparador de la ropa, lo abrió y ordenó las sábanas. Enseguida se volvió hacia la patrona.

—Lo único que tiene usted es que le va a dar la primera jaqueca de su vida. Agradezca, porque es una enfermedad de ricos —dijo arremangándose los puños y yendo hacia la cocina—. Suba y vaya a tenderse con un paño mojado —agregó—. Yo me encargo de todo.

Contó a los pensionistas.

—No están los doce, señora —dijo seria la Minduca.

—¿Quién falta? —se asomó por la ventana la señora Gitl. Le temblaban las manos.

—Norma —dijo Minduca.

No se había logrado que le dijera señorita.

—Pero si somos de la misma edad —decía.

Los huéspedes se fueron retirando a sus piezas, la Minduca entró a la cocina donde empezó a fregar las ollas y a preparar el arroz para la noche con algo de pollo que había quedado.

—Vine a hacer un té —dijo la señora Gitl, apoyándose débilmente sobre el respaldo de una silla.

—Usted no vino a hacer nada, suba y yo le llevaré té con un invento de mi tía del sur para la jaqueca —dijo la Minduca, golpeando la escoba y barriendo como un soldado.

La señora Gitl pensó que era muy bueno obedecerle a alguien en estos momentos en que todo se desmoronaba.

Algo iba transformándose en el barrio. Ya no llegaba la feria de los verduleros hasta la puerta como antes. Ahora había que ir a la Vega y no dejaban elegir la fruta.

Cuando bajó la señora Gitl miró hacia la cocina, vio una imagen de la Virgen del Carmen rodeada de velas y de flores.

—¿Qué es eso, Minduca? —dijo.

La Minduca quedó con la sartén en alto y enrojeció.

—Es para pedirle que le quite el dolor de cabeza, —dijo y cubrió la imagen con un paño de cocina—. Pero si a usted le molesta, señora Gitl... Ella le quitó la tos convulsiva a mi hija, la que tengo en el sur. Pero si a usted le molesta... —repitió.

Caminó hasta la estampita y la corrió un poco más hacia el rincón.

—No —dijo la señora Gitl—, pero cuidado con las velas.

Cuando salió, la mujer sacó el paño de cocina que cubría a la Virgen y siguió fregando el piso con los labios hechos una línea: ¡quién entiende a estos gringos!

La señora Gitl se detuvo en el hall de abajo. De pronto olvidó dónde iba, sólo tenía ganas de llorar. Estaban todos en casa, ella tenía que alimentarlos y no sabía con qué, nadie podía asomar la cabeza para comprar nada. Era como en la guerra, allá en Rusia. De tan lejos habían venido para caer en lo mismo.

La Minduca salió de la cocina y la vio en el primer escalón, sentada con la bandeja del té.

—No sé qué hacer, Minduca —dijo—. No sé qué hacer.

—Sí —cortó la Minduca—. No se deje apanuncar por una simple jaqueca. Usted puede arreglarse lo más bien sola. Se las ha arreglado hasta ahora, ¿no? Fue mucho más difícil venirse sin nada desde Rusia, creo.

—Quédese, Minduca —se oyó la voz de la señora Gitl.

—¿Que no ve que me estoy quedando? —rezongó ella.

—Usted sabe a qué me refiero, para siempre. Mande a buscar a su niña al sur y se viene con ella, con su frazada y su Virgen.

—Es que es huacha... su padre no la quiso ver nunca. —La Aminda Pérez retorcía su pañuelo, mirando el suelo.

—Usted se las puede arreglar lo más bien sola —sonrió la señora Gitl.

Entonces la lavandera se limpió bien rápido dos

lágrimas medio azules que se asomaban por entre las pestañas.

—Señora Gitl, si me quedo, ¿usted me va a enseñar a hacer esas empanaditas de papas como sombreritos que no gastan casi nada y cunden tanto?

—Lo que quieras, mujer. —Su cabeza parecía subirse por las paredes y latir junto a la lámpara de entrada.

—¿Tiene dónde tender?, porque si no se percude la ropa —dijo la lavandera mientras se alisaba el delantal.

—Tengo —dijo la señora Gitl a punto de venirse al suelo.

La Minduca entonces la tomó por la cintura, llevándola hasta el dormitorio. La tendió en la cama, le sacó los zapatos y le puso el paño mojado en la cabeza y un chal en las piernas.

—Quédese ahí y no piense en nada —dijo—. Yo bajo a hacerle el remedio, ¿me oyó? No piense en nada.

Cuando la Minduca salió de la pieza, la señora Gitl sintió que se elevaba hasta el techo. Aunque con un poco de atraso, había llegado por primera vez su jaqueca, enfermedad de señoras bien. Pensó también en medio del dolor que ahora tenía ama de llaves, como en los antiguos palacios de Rusia, bueno, casi como en ellos, y en ese momento oyó abrirse con estrépito la puerta y entrar alguien corriendo. Era Norma.

Y la señora Gitl se durmió.

5

PASTILLAS DE ANÍS

La familia de Norma había empezado viviendo en la pensión de doña Gitl, esperando el momento de tener casa propia, contando con los dedos los días para instalarse por su cuenta, como tantos otros judíos escapados desde Rusia. Todo sucedía entre los Blum como en otras familias, excepto por Norma, que no era como los demás.

Desde los diez años su belleza cautivó a los que salían de paseo, a los changadores del barrio Independencia, a las costureras que sabían que haciéndole sus vestidos alcanzarían notoriedad en el barrio de la noche a la mañana, porque todo le quedaba bien. Los trajes más sencillos de percala resbalaban por su cuerpo, como por sobre una escultura. Y, por supuesto, todos, absolutamente todos los adolescentes de la cuadra estaban enamorados de ella. El líder de los muchachos era el Tito. Y también el Tito estaba enamorado de Norma, pensaba la señora Gitl, mirando a la parvada recorrer la cuadra, bulliciosos y dueños del mundo.

Una tarde de enero, la pandilla se detuvo en medio de la calle, junto al silencio de autos ronroneando, del carro treinta y seis, sin que corriera una brizna de viento en ese Santiago de verano.

Tito miró solemnemente a la Norma, en medio del grupo. Levantó un paquete de papel café, con pastillas de anís, sujeto por dos moños en los extremos. Y se lo ofreció, mientras una gota de sudor corría por sus cejas colorinas. El barrio entero se hallaba expectante. Mira, se codeaban los muchachos, el Tito se le está declarando a la Norma.

Hasta doña Gitl y la costurera, señora Servanda, miraban por la ventana. El sol iluminaba repletando los catorce años de Norma con un fulgor casi heroico.

La Norma era niña de pocas palabras. Más bien, casi no hablaba. Se quedó mirando al Tito desde su eternidad de ojos violeta, en los que todo el barrio pareció sumergirse, y no dijo nada. Tomó el paquete. Eso bastó para que el Tito mirara triunfante al grupo y se considerara, desde ese preciso momento, el novio oficial de la belleza del barrio.

Esa tarde irían al biógrafo, al Nacional; allí la besaría, ¿sabías?, ¿en la boca? No sé, pero cerca y le va a tomar la mano, ah...

También la pandilla fue al biógrafo. Parecían un pequeño ejército, en pos de su guía, desde lejos mirándoles los ademanes, los gestos vergonzosos de la juventud.

Pero en el beso, que calzó con un feroz tiroteo de indios con flechas y blancos a caballo, con muertos colgados de los árboles, la Norma pareció horrorizada. Se apartó del Tito, que la miraba a duras penas en la penumbra acomodándose el cuello, que subía y bajaba. Sus ojos se abrieron en la oscuridad, más inmensos que nunca, y se dirigieron desesperados al letrero rojo de «Salida». Aunque no había necesidad, pidió permiso y alisándose su falda plisada, salió escapando de la sala, sin mirar a nadie.

Recordaba la señora Gitl, el Tito, pobrecito, recibió una carta, mientras grababa las letras «N.B. y T.G. se quieren» en uno de los árboles de la vereda.

El Tito leía en voz alta aún, así es que todo el barrio se enteró del contenido «por favor, no me esperes nunca más en la esquina, odio las pastillas de anís y no me beses NUNCA MÁS, Norma», con faltas de ortografía y en papel cuadriculado grande.

Y entonces reflexionó doña Gitl, mientras desanudaba los nudos de las cortinas para sacudirlas, Norma dejó de ser la Norma Shearer de la cuadra y arrastrar una multitud de jóvenes adorándola. No le habló nadie nunca más. Toda su infancia de luche y saltos al cordel y pandillas jugando al pillarse, desapareció.

Se vio cómo la Norma cerró las cortinas de su pieza, y a pesar del terrible grito de su padre, que esperaba una mujer que supiera hacer mermelada para el invierno y llevar las cuentas mínimas, se aplicó con pasión al estudio. Comenzó a leer, y a leer. Libros de letras chicas, sin ilustraciones, en papel biblia, de filosofía, de movimientos sociales, el mismo papel que se usaba para hacer cigarros, en la esquina. «Siquiera si fueran cosas del amor, las que está leyendo, pase —decía su tía Dora, que la visitaba los sábados—. Pero la niña se sumerge en unos libros gordísimos que nadie entiende y que no deben de llevar a nada bueno y después —agregaba—, esa manía del bachillerato y entrar a la universidad, donde hay tanto comunista dando vueltas, mientras debía estar cosiendo su ajuar, tranquilita.»

Nadie la acompañó a dar el bachillerato. Y nadie, excepto la señora Gitl, supo cómo se las arregló para comprarse los primeros libros de la Universidad. Nadie le preguntó nunca qué estudiaba y Norma, simplemente, no dijo nada. Pero las mamás prohibieron a las niñas juntarse con ella. Se corría que la Norma iba a poblaciones, que era una rebelde, que quería ser médico o dentista.

Se corría que estudiaba en el Parque Forestal hasta tarde con muchachos, se corría que la habían visto no sé dónde tomándose un café ¡sola!, ¡qué va a ser sola!, en la calle Puente parece, cosas que se amontonaban como un oprobio frente al portón de su casa, ya no iba a la sinagoga con las mujeres y parece que fuma, mírala, ahí va, con delantal blanco, ¿adónde va? A sacarle muelas a los pobres, pero qué horror, peor aún, dicen que es atea y que lee libros atroces, ¿pero qué se hizo de la niña bonita que jugaba al cordel, Dios mío?

—Está más bella que antes, por si no se han dado cuenta —dictaminó la señora Gitl, que no admitía zancadilla a la justicia.

Y así era. La figura de Norma se había estilizado. El moño recogido destacaba el dulce cuello suave y la silueta saliendo muy temprano de casa en las mañanas, con bolsones abultados, y los sábados también, a cualquier hora, qué le importa la primera estrella, decían las comadres, tocándose el codo.

—Le importa la gente, eso es lo principal, y me terminan con los chismes, por favor —cortó la señora Gitl.

Y le hacían caso, porque en el barrio todos le estaban empezando a hacer caso a la señora Gitl, pero seguían pensando en quién sabe dónde va la Norma, con quién, para qué.

Porque a pesar de todo, el desfile de pretendientes más o menos habladores, más o menos bien vestidos, era una procesión intermitente por la casa de los Blum.

Cuando Norma egresó de la Escuela de Dentistas nadie se dio cuenta, simplemente porque ella no dijo nada.

Pero la señora Gitl horneó su queque, lo llevó, tapado con un paño blanco, a la casa de los Blum y lo dejó ahí, como distraída, sobre la mesa del comedor.

El día que Norma rompió con su padre, fue el mismo en que entró al Partido Comunista. Entre el ruido de la feria municipal, su padre la echó de casa prohibiéndole desde ese momento que pisara el suelo de la familia. Estaba expulsada. Norma salió digna, con la cabeza llena de la fuerza nueva que le daba el pelo corto. Todos cuchicheaban, arrendó una pieza en otro barrio, ¿sola?, quién sabe, parece que se va donde unos amigos, parece que amigos, no más.

Esa tarde, la señora Gitl amasó con furor y habló de las maldiciones que se lanzaban al cielo y caían después de vuelta, pero nadie le hizo mucho caso porque todos miraban irse a la Norma Blum, erguida, con una ínfima maletita llena de libros y un atado de ropa.

Todos se sobrecogieron, porque la gente debía respeto a los demás y la Norma Blum la había empezado a echar a perder cuando le dijo que no al beso de Tito en el cine, esa vez.

Su padre, recordaba la señora Gitl, sacudiendo los muebles por debajo, no fue a la graduación. Nadie del barrio lo hizo, excepto ella, la sentimental, la tonta, haciendo esas locuras de admirar a gente que caminaba erguida al encuentro de su destino. Ahí estuvo, con su madre, las dos, ese día, con un gran ramo de claveles rojos.

Y la Norma que no lloraba nunca, que parecía segura de todo o que no sentía nada por nadie, lloró esa vez y le dio las gracias largo rato, mirándola con esos ojos en los que cabían todas las tristezas del mundo y entonces, no supo por qué, la señora Gitl tuvo miedo, un miedo como una cuchara de aceite hirviendo que se le derramara por el corazón.

Los pensionistas miraban desde el comedor, dándose codazos y contemplando a Norma Blum llegar acezando, después de haber corrido por cuadras, sin que se le abriera ni un solo timbre.

—¿La va a aceptar AQUÍ señora Gitl? —preguntó el señor Saúl.

—Sí —repitieron todos—. ¿La va a recibir?

Porque mal que mal, los comunistas habían empezado esta ola de violencia y dicen que hacen cosas atroces, que les quitan los hijos a las madres.

—No digan tonterías, por favor —dijo la señora Gitl, todavía con la escoba en la mano, como un cetro—. ¿Es por lo de la Ley Maldita? ¿Es que no se dan cuenta de que si sale a la calle la matan?

Se hizo un silencio.

—Si entran, también nos matan —dijo el señor Saúl desde abajo de su abrigo.

—Eso corre por mi cuenta —dijo la señora Gitl. Y subió a la Norma Blum temblorosa a su pieza, en medio de los cuellos que la miraban dándose vuelta.

La señora Gitl corrió las cortinas.

—No va a pasar nada. Viniste aquí de chica y ésta es tu casa —dijo. Y luego pensó en la madre de Norma, que había muerto el invierno pasado y supo que estaba haciendo lo justo.

Abajo se oían los cuchicheos.

—Trae libros, hay que quemarlos, tal vez en la maleta traiga armas...

—¿Quién de ustedes trabaja gratis para los pobres, a ver? —tronó la señora Gitl saliendo al corredor—. ¿Quién? —Y con la mirada triunfante, volvió a sus quehaceres.

En ese momento, se oyeron unos tiros.

Y los pensionistas vieron lo que ya sabían: la grácil figura de Norma Blum cayéndose desde el tejado de una de las casas vecinas en medio de un ruido de balas, que no era como el de las películas, sino sordo, como metido dentro de géneros.

Su cuerpo quedó en la vereda, apoyado contra uno

de esos árboles que habían admirado su paso. Como si estuviera muy cansada. Sin manchas de sangre y con los ojos violeta fijos en la lejanía de las cosas que se hacen elegidas desde siempre. Como si estuviera distraída, todavía tomando café con sus compañeros en esos galpones de las reuniones de célula, fumando los primeros Liberty, escribiendo planes como alfombras arrolladas en torno a su futuro.

Todas esas cosas pensaba Norma Blum mientras su cabeza ya no pensaba más y se quedaba tranquila, como cuando era la Norma Shearer del barrio y el Tito se le estaba declarando, levantando el paquetito de caramelos de anís.

La señora Gitl trató de secarse el llanto, pero no encontró el pañuelo.

En ese minuto, Genia abrió su bolso de manillas de carey y le pasó el suyo. Estaba arrugado y sucio.

6

AGITANDO LAS PESTAÑAS

Cuando Genia Kislanov, que preguntaba por una pieza en la puerta de la pensión de Echeverría, dijo que tenía cuarenta y nueve, la señora Gitl miró las baldosas y se mordió los labios.

«En cada pie», pensó.

«Pero se defiende —decidió después, cuando apareció a comer en la noche y todos los hombres se quemaron con la cucharada de sopa hirviendo—. Claro que ese vestido de noche, al que le faltaba un hombro, y el otro una manga larga, con una especie de pedrería, Dios nos libre», pensó la señora Gitl y se levantó rápido a traer el asado molido.

Cuando volvió al comedor, Genia Kislanov hablaba de su familia de banqueros arruinados y de su fortuna, agitando las pestañas, mientras todos los hombres de la pensión subían y bajaban la cabeza levemente al compás de sus susurros. La señora Gitl se acordó de cuando ella era joven y hermosa, deslizándose en trineo por la nieve de Rusia, cantando con los muchachos que también la miraban.

Pero el problema llegó con el paso de los días y con la permanencia de Genia Kislanov en la pensión. No había caso de levantar la mesa después de las comidas. Todos los comensales seguían allí, embobados, sobre los conchos del café, mirándola hablar, mientras ella contaba unas historias de palacios y bailes y fortunas que hacían escupir a la Minduca en la cocina y pasar arrastrando las zapatillas.

—Si ésta fue rica, yo soy la emperatriz Josefina —dijo un día la señora Gitl.

Poco a poco las historias de Genia fueron bajando imperceptiblemente de escenarios. Ya no sucedían en palacios helados de la estepa rusa, sino en villas populosas, en puertos, en ferias, en tugurios de los caminos. Pero siempre se presentaba con todos sus apellidos, con verdadera nostalgia de su servidumbre y con detalles de los más increíbles lugares. Escapada durante la revolución, decía.

Pero en la cocina, la Minduca susurraba: durante la revoltura de las sábanas, tal vez.

—Parecen tontos —decían las esposas de la pensión, desesperadas mirando a sus maridos—. Puras novelerías, ésta debe de haber bailado en un cabaret en los puertos y de ahí no pasó. —Pero ellos no oían.

Y en verdad, Genia Kislanov sabía bailar, su cuerpo se volvía eléctrico, apenas oía una música y arrastraba a cualquiera de los varones a una danza sin fin, hasta que se precipitaba riendo como loca, afirmada contra el aparador de las copas, dándose aire y preguntando si no había algo para el desmayo.

Era muy difícil mantener la casa ordenada con

Genia adentro: pañuelos, tazas, cucharas, platos especiales, migas, aparecían inopinadamente sobre cualquier respaldo de sillón, junto con las inevitables boquillas manchadas con rouge.

Genia amaba a los ricos diplomáticos y el champaña y los prismáticos de plata para poder mirar las carreras y los sombreros de paja de Florencia. Un día llegó con unos anteojos largavista y una botella de champaña al comedor y enseñó a los hombres a mirarla al alcance de sus dedos, bella, apetecible, sedosa, riente, llena de historias de cuando ella esperaba un novio en Varsovia.

Que se despertara y se levantara costaba un mundo. Sus afeites le llevaban a lo menos cuarenta minutos y se dormía envuelta en cremas hidratantes de todos los colores que le restituyeran un poco de juventud bajo los párpados. Y lo lograba. Los hombres andaban locos por ella, mirándose con mala cara en los pasillos, empujándose para entrar primero al comedor y sentarse junto a la silla de Genia.

Todo iba en desbarajuste, hasta que a la señora Gitl se le ocurrió la idea de casarla para librarse de esta soltera desaforada que llenaba los pisos de colillas y canciones con voz ronca.

Casada, Genia tendría que cocinar, ordenar el cuarto, pasaría en suma, a ser una mujer normal.

Incluso, podría pedirle el precio que ella soñaba pedir por su suite matrimonial del primer piso con puerta a la calle, que era la pieza regalona de la señora Gitl y que estaba vacía porque la fortuna de sus huéspedes no era palaciega.

Además, debía terminar con esa bata medio desabrochada de Genia Kislanov, que hacía a don Samuel, su propio esposo, comerse la mantequilla sola, mirándola y ella le sonreía con sus pómulos altos de origen polaco y en su idioma medio húngaro, yidish, castellano, mientras descorchaba la botella de cherry sin el menor problema, apenas la señora Gitl se marchaba a poner orden en la cocina.

Y así fue como la señora Gitl un día atravesó la calle y tocó el timbre en la casa del señor Levy, un viudo austero con hijos grandes, que todavía se envolvía en su *talith* para rezar todas las tardes y el sábado no usaba jamás el tranvía.

—Será una buena influencia para esta polaca demasiado alegre, con arrestos de primadona —se dictaminó a sí misma, en voz baja, la señora Gitl.

Pero la Minduca se enojó, sin que nadie supiera por qué.

—Esto no me gusta —decía pasando el chancho y lo repitió toda la mañana, hasta que la señora Gitl la hizo callar, porque se le estaba cortando la mayonesa con la tensión.

Su marido fue más bondadoso.

—No es más que una pobre mujer sola en el mundo —dijo—. No la critiquen. Su vida ha sido dura. Ella misma nos ha contado en el café que quedó viuda al comienzo de la guerra y tuvo que sobrevivir de la venta de sus joyas.

—Sí y de la venta de otras cosas también —rezongó la Minduca desde la puerta. Pero la señora Gitl lanzó una mirada silenciadora.

El viudo no estaba muy dispuesto, pero accedió a visitar a Genia Kislanov en la casa, fuera de sus horas de oración.

—Mis hijas me han presentado ya una estela de viejas horribles que saben cocinar *kosher* y tienen lana desteñida en las venas —dijo—. Estoy cansado de los pañuelos negros en cuellos arrugados y sombreros con velos.

—Cuando conozca a Genia Kislanov, va a cambiar de opinión, don Leib —dijo la señora Gitl medio sonriendo, segura de que no tendría un pañuelo negro al cuello. Pero después se asustó, porque Genia ni siquiera sabía lo que era cocinar *kosher*. Y pensó que debería enseñarle también algo de las festividades religiosas para que no confundiera Pesaj con Jon Kipur y tratar de que en la comida abundaran menos las historias de polacos bailarines y de bares.

Ella deseaba con toda el alma que Genia Kislanov se casara de una vez por todas. No soportaba más su despliegue de gasas, de cigarrillos con boquilla y conversaciones rodando por el mantel hasta la tarde y la estela de ojos mirándola y tropezando en todas las alfombras.

Cuando supo que venía don Leib, Genia Kislanov hizo una sola pregunta:

—¿Es rico?

La señora Gitl decidió ser franca con esta mujer de labios rojos y pendenciera.

—No es pobre —dijo—. Y no es nada de feo, pero dicen que es tremendamente avaro.

Genia Kislanov lanzó una larga bocanada de humo que encegueció al mantel.

—Eso, déjemelo a mí —sonrió bajo sus cejas en arco—. El hombre que es avaro con su primera mujer, no lo es jamás con la segunda.

El encuentro entre don Leib y Genia Kislanov prosperó.

Ella se presentó con un vestido ajustado, negro, semiserio y con un magnífico collar falso que hacía valorar más aún su cuello albo. Un pañuelo de seda natural flotaba llevando y trayendo distraídamente su encanto y esparciéndolo por el recinto. Habló, recitó, se refirió a algunas fiestas judías y cantó con voz muy sobria, algo que enloqueció no sólo al viudo sino a los que espiaban por los visillos. Genia Kislanov hablaba constantemente de gente que había conocido y que tenía mucho, muchísimo dinero.

De pronto, llena de curiosidad, la señora Gitl se lanzó al abordaje:

—¿Y no has conocido ningún pobre? —preguntó, mientras su marido le hacía señas para que se callara.

—Oh, sí, conocí uno, una vez —dijo Genia—. Pero he olvidado su nombre.

Y enseguida se puso a hablar de la platería con que ella se había criado. La Minduca movía la cabeza furiosamente, restregando el plaqué en el repostero.

Eso fue todo lo que hizo falta... Don Leib cayó en la red de los ojos de Genia como un pez ciego. Una vez que supo que había pescado una presa, Genia Kislanov se comportó en forma extraordinariamente clara y expedita. Pidió un abrigo de pieles, un reloj de oro y un anillo de brillantes.

Don Leib se tambaleó.

—Eso será todo lo que te daré —dijo, medio mareado. Pero salió a cotizar.

El matrimonio se llevó a cabo en la pensión, bajo el palio, especialmente traído para tal objeto, con la Minduca furiosa, pasando franelas extra por los pisos hasta lograr que espejearan, lavando las cortinas y separando los cubiertos en paquetes. Y moviendo la cabeza en son de profecía cada dos minutos.

Genia Kislanov se pavoneaba con el abrigo como un pavo real en una feria.

—¿Han visto el reloj? —decía y aprovechaba para mostrar el anillo de brillantes engarzado férreamente en su mano de aguilucho—. Adoro las joyas —decía. Caminaba y descubría un hombro blanco, triunfante, y los hombres seguían igual caminando tras ella por los pasillos, aunque ya Genia había cambiado de status y de habitación. Por el primer tiempo, la señora Gitl les cedió la habitación matrimonial del primer piso sin recargo, hasta que se acomodaran.

—Bella habitación —dijo mientras abría la puerta, orgullosa de las cortinas de cretona doble que oscurecían el recinto.

Por fin, en vez de una aventurera polaca asolando su pensión, tendría un matrimonio judío como Dios manda, de edad respetable, en la primera pieza.

Los novios fueron en micro a Curicó porque don Leib tenía que hacer unas cobranzas. Genia Kislanov partió despidiéndose desde la ventana con la mano del anillo.

En el entretanto, la señora Gitl se preocupó de trasladar los muebles del viudo a la habitación del primer piso y de encerar a conciencia.

De vuelta, cuando Genia comenzaba a sacarse el abrigo, paseó la mirada por la habitación de caoba severa y dijo extendiendo su blanca mano:

—Quiero muebles modernos en este dormitorio.

—¿Qué tienen de malo éstos? —se sobresaltó don Leib.

Genia Kislanov golpeó con el pie en el suelo y se soltó el cabello.

—Me niego a dormir en el lecho donde durmió tu esposa —dijo. Y levantó los brazos para que él le viera la curva de su cuello terso.

Don Leib se levantó en toda su altura llenando la habitación y tronó mirándola:

—Entonces tendrás que dormir en el suelo.

Genia Kislanov no dijo una sola palabra y sus labios se pusieron blancos.

Ése fue el comienzo de una guerra sin cuartel.

Se negó a cocinar *kosher* y apareció la verdadera Genia Kislanov que cantaba desaforada en francés, tomando cognac mientras don Leib trataba de rezar. Fumaba como un tahúr los sábados y circulaba por todas partes a medio vestir, en zapatillas lila.

El día que se atrevió a poner una lonja de jamón en el plato de don Leib, éste tuvo una rabieta que lo llevó a un desmayo. Se lo veía cada vez más pálido y demacrado.

En las mañanas, la Minduca salía furiosa por el

desorden de revistas, colillas, trapos viejos y nuevos que reinaba en la pieza.

—Un chiquero, eso es lo que es no más —rezongaba.

Entonces, un sábado por la tarde, Genia Kislanov llegó con un *pick-up* bajo el brazo y con discos de can-can, mientras don Leib salía desesperado a la sinagoga, a tratar de conciliar sus oraciones.

Hasta que un día la Minduca escuchó por la puerta que don Leib decía:

—Será mejor que te vayas.

Genia se abanicó con gran calma.

—Siempre que me des dinero o acciones —dijo.

—No te daré nada —gritó don Leib desesperado—. ¡Ándate, por favor, ándate!

Pero Genia Kislanov se rió con una larga carcajada y salió a comprar cigarrillos y a tomarse un trago al bar.

Sus uñas de rapiña se clavaban en su chal de gasa.

Esa noche bajó como antes a cenar, con un hombro desnudo y un clavel entre los dientes, mientras los comensales miraban arrobados. Don Leib no comió, ella contó historias de arrabales, de guerras, cantó, bailó, se levantó la punta de los vestidos.

Aún sus piernas se conservaban firmes... Don Leib rezaba en su habitación.

A la mañana siguiente, Genia Kislanov salió muy temprano con una bolsa de malla y volvió con un gran paquete envuelto en papel de diario y se encerró en la pieza a ordenar, anunció.

La Minduca tuvo que esperar para poder hacer el aseo.

Cuando salió, iba despavorida, llamando a la señora Gitl.

—Señora, venga, venga rápido —dijo tirándola de la mano.

La señora Gitl tenía mucho que hacer, pero la Minduca la arrastró sin contemplaciones hacia la alcoba matrimonial que daba a la calle. Entraron.

Las hizo tambalear el humo de las velas del rincón. Las cortinas estaban echadas... En el rincón brillaba una imagen de la Virgen de Lourdes, mire pues señora, se retorcía las manos la Minduca, en el delantal, de Lourdes, señora.

Don Leib estaba echado en la oscuridad gimiendo. La Minduca lanzó una exclamación, se mojó los dedos con saliva, apagó las velas.

Genia Kislanov había salido, a buscar su reloj de oro, dijo. Se lo estaban limpiando.

Entonces la señora Gitl se revistió de su coraza de mujer fuerte. Sacó la imagen de la Virgen al pasillo y la volvió a envolver en los diarios. Luego se dirigió a don Leib:

—No se preocupe —le dijo—. Se terminó. Vaya a la salita de las calas. Su pieza estará limpia en un minuto.

Don Leib sollozaba. Dios me castigó, balbuceaba. Lo ayudaron a sentarse en la oscuridad, tapado con un chal.

Cuando sonó el timbre estridente de Genia Kislanov, igual que cuando había llegado a la pensión, esta vez la señora Gitl lo dejó sonar por horas. No le abriría más.

Y de ahí se desencadenó el chaparrón de insultos

en verdadero polaco y verdadera furia arrabalera que trepaba por las paredes de la pensión de la calle Echeverría sin poder entrar ya. Por la ventana se le descolgó su equipaje, correctamente embalado en bolsas. Sin que faltara nada.

Genia Kislanov detuvo un momento su diatriba y sus golpes. Contó sus cosas. Se puso el abrigo de piel.

Y acomodándose el mechón que le tapaba la cicatriz detrás de la oreja se fue con su belleza perdida, ondeando como una gasa antigua. Se le vio que rengueaba un poco, de lo que nunca nadie se había dado cuenta antes.

Esa tarde, cantando la Minduca comenzó a limpiar los cubiertos para Pesaj.

7

PESAJ EN LA PENSIÓN

Cuando terminó de limpiar la última olla, hirviéndola con piedras perfectamente limpias en su interior, cuando el último fideo y la bolsa de harina de la pensión de la calle Echeverría se agitó en la basura, cuando cada rincón de la casa no tuvo nada que esconder, la señora Gitl se sentó en una silla en el comedor y sin saber por qué se puso triste.

Si le hubieran preguntado por esos días, ella habría parado un momento su loco quehacer y habría dicho que sí, que se sentía cansada. Pero en el fondo de sí misma, sabía que pesaba algo más.

No, no había sido el trabajo de sacar afuera las alfombras y golpearlas, limpiar los muebles, lavar los platos, tazas y cubiertos y reordenarlos. Ni tampoco había sido la preparación de tres ollas de pescado relleno al estilo del pueblo de la señora Gitl, con muchos golpes de machete hasta dejarlo esponjoso.

Entró al comedor con los ojos cerrados y vio allí puesta la salamandra oscura de su infancia. Y puestas también las felpas en las ventanas para impedir el paso del viento. Pero sabía que eso era imposible. Y por eso se sentó calladamente en el comedor de la pensión de Echeverría.

Como un fardo en la piel, le pesaba la distancia, tan largo el brazo infinito que la separaba de Rusia, del frío de Rusia, de las duras estepas y de las inmensidades blancas.

El Mapocho no sería nunca el Dnieper. Los carretones de verdura de la calle La Paz no reemplazarían jamás a los trineos, rompiendo en líneas blancas la nieve mañanera.

Y por sobre todo pesándole como una Rusia entera, como un terrible cascote de hielo, la ausencia de su hijo mayor Jaime, ésa no podría jamás ser disuelta bajo comidas olorosas o panes ácimos o exquisiteces dulces.

La señora Gitl escondió la cara entre las manos y se puso a llorar sobre su pena que no terminaba. Desde la rendija se vieron los ojos de la Minduca, que la dejaban sollozar, desgranándosele el llanto en miles de pequeños nudos.

—Porque la pena hay que sacársela así como el resfrío —dijo la Minduca restregando llena de vigor los mosaicos que ya brillaban en ese día en que comenzaba Pesaj.

La señora Gitl se acordaba hasta de los mínimos detalles de cuando su hijo había partido; la raya en el pelo, que ondeaba tumultuoso; la bufanda a cuadros desteñidos de tres vueltas, su preferida, que no había querido cambiar por nada; el viejo sueter de marino sobresaliéndole de la chaqueta sin botones. La mano de su hijo sobre su hombro, tranquilizándola, es sólo por un tiempo, mamá.

Había sido un día antes de Jon Kipur, la señora Gitl prefería no recordar el año, las fechas le resbalarían como ácido sobre el corazón. Lo recordó tan, tan joven, de espaldas, con los hombros casi niños, un poco asustado por el peso de las maletas y la decisión de comenzar una nueva vida en Israel.

En la mano derecha llevaba un cuaderno lleno de documentación sobre los *kibbutz*. Al más alejado se va, había sollozado esa vez la señora Gitl, perdido el control. ¿Por qué no quiso quedarse estudiando como lo hacían todos los jóvenes chilenos en la casa de sus padres? ¿Por qué duele tanto que los hijos se vayan, por qué se desgarran las tiras de corazón más que en el parto, más que ninguna otra vez?

Su marido, el imperturbable, también tembló durante los adioses, pero ya todo estaba decidido; sería lo mejor para el muchacho, eso lo había oído la señora Gitl repetido en varios idiomas y en todos los tonos, hasta que había acabado aceptando, con la íntima convicción de que aceptara ella o no, igual el muchacho se aleja, se le veía en los ojos el ansia viajera y de retorno a sus ancestros.

—Es lo mejor para ti —dijo al fin dolorosamente y le dio su beso de bendición y quiso ella misma plancharle las camisas y coserle los botones que le faltaban y marcárselas con sus iniciales.

—Mamá, no hay para qué —repetía el muchacho

desde la pieza de coser, avergonzado por este equipaje que olía a cuidados maternos a una legua de distancia, pero sí había para qué, sí había.

—Quién te va a calentar la leche en la noche cuando vuelvas tarde —dijo como último argumento la señora Gitl y después se quedó callada. Nada serviría.

El futuro. Era lo mejor para el futuro de Jaime, ¿Por qué siempre quedaba tan lejos o era tan complicado el futuro? La señora Gitl se sonó suavecito.

Se acordó cómo brillaban sus ojos aventureros cuando les anunció que se iba para Israel. Por primera vez se dieron cuenta de que les anunciaba algo. Antes les había pedido permiso para todo, respetuosamente, como el buen hijo que era. Pero esa tarde, les anunció que estaba en el programa de la marcha de la juventud israelí para la Tierra Prometida.

—Pero ¿no quedaba aquí la tierra prometida? —La señora Gitl se acordó de cómo le había cambiado la voz de un golpe a su hijo, mientras les pedía la bendición. Allí comenzó a hablar como hombre.

En el barrio se habían sucedido las visitas, todos estaban alegres, qué oportunidad para tu hijo, es realmente una verdadera suerte para él. Ojalá el mío hubiera obtenido algo así...

—Tonta —le dijo la señora Gitl bruscamente a la comadre que le hablaba—. Tonta —repitió.

Pero, en general, todo el barrio repetía la misma frase:

—Tan joven y ya con un futuro.

Y la señora Gitl comenzó a odiar este asunto del

futuro de los hijos cuando vio las caras de sus dos menores que ayudaban al mayor a hacer las maletas.

—¿Nos vas a llevar? —preguntó uno.

La señora Gitl entró a paso de ataque en la pieza, ¿qué se creían que esto de irse era un virus que todos podían tener? No, señor, los hijos se quedan con sus padres.

—... Volverá con nosotros —dictaminó, temblorosa.

Y nadie la contradijo.

Y esa tarde terrible, en vísperas de Jon Kipur, en que en su pieza Jaime hacía las maletas lentamente, echando los banderines de los clubes de fútbol y los recuerdos de las novias de febrero, a la señora Gitl se le quemó la comida por primera vez desde su llegada a América. Lloró, golpeando las sartenes, llena de desesperación. Los comensales esperaban ansiosos en la sala, especialmente arreglada. A duras penas, intentó otra versión de la comida. Todos esos inconvenientes se borraban junto a la visión gigantesca que le venía con más fuerza en los días de lluvia, de su hijo alejándose por la losa del aeropuerto, con la llovizna mojándole los talones.

La señora Gitl se quedó, con ese gesto típico de su hijo, de «qué le vamos a hacer», como si tratara de alcanzar algo en el aire.

Y después, nada... La señora Gitl había contado las horas de vuelo infinitas veces, calculado los días de viaje por tierra, y nada. No llegaban noticias. Al fin llegó una postal desvaída desde el *kibbutz*, mostrando a su hijo —Está flaquísimo, sollozó la señora Gitl—, anunciándoles que estaba bien, que no se preocuparan, que por supuesto que los echaba de menos, mucho de menos, sobre todo a ti, mamá, con el plato de panqueques; que dejaran de mandarle bufandas tejidas porque hacía un calor horrible. Parecía la voz de alguien tan lejana que la señora Gitl renunció a releerla y la guardó entre las páginas de *Crimen y castigo*, en ruso.

—Tanto que debe de tener que hacer este niño, de dónde quieren que saque tiempo para escribir —se oía la voz de la Minduca en la cocina sin dirigirse a nadie en particular, mirando los estantes; y la señora Gitl sentía que su voz le hacía cariño en los hombros, que nunca se habían sentido tan débiles.

Y sí, Jaime tenía mucho que hacer en aquel *kibbutz* agrícola, donde las actividades empezaban a las seis y terminaban a las cuatro, y donde no había tiempo para música, ni ir al cine por la tarde, ni dar vueltas en bicicleta.

La señora Gitl se sobresaltó en la oscuridad del comedor. Se le habían pasado esos tres años como un soplo, como un soplo sin cartas, sin noticias. El señor Menashe de la pensión decía que las buenas noticias son silenciosas y que las malas aúllan. Ah, ese hombre siempre diciendo cualquier cosa. Lo único que ella sabía era que hacía tres años que no oía la voz de su hijo ni lo sentía tirarle suavemente el pelo como cuando volvía del colegio en las tardes.

Y ahora había llegado este nuevo Pesaj. Todo estaba dispuesto. La señora Gitl sola en el comedor, lloraba de no estar en Rusia. Allí su hijo no hubiera partido, allí todo hubiera sido distinto.

—Hubiera sido igual no más —pasó la Minduca con la franela del piso como un susurro.

La pensión relucía esa noche. La señora Gitl sintió que todo el polvo, las migas, las manchas de moho, los vasos quebrados se habían ido a posar en su alma y allí formaban una gruesa costra de tristeza.

—No quiero pasar otro Pesaj sin ver a mi hijo —se sorprendió diciendo muy bajito.

—Qué tontería. Es como decir no quiero que lleguen las navidades. —La Minduca siempre oía cualquier cosa, por baja que fuese. Y la señora Gitl tenía la sospecha de que escuchaba también los pensamientos.

En el silencio de la casa se oían tensos, apurados, los ruidos de preparación para la fiesta en las distintas habitaciones. Los huéspedes sacaban sus mejores ropas y las cepillaban, mojándolas para plancharlas. La Minduca tenía altos de camisas que almidonar. La gente salía de las puertas, corriendo desbocada por los pasillos en busca de un alfiler de gancho, un lazo, una corbata que le viniera. Se sonreían con anticipación. Era el día más alegre del año.

Fueron bajando de a poco. Las ventanas brillaban de luz propia de Pesaj. Y la puerta se abriría toda esa noche, para el profeta Elías.

Tan sólo la señora Gitl lloraba acurrucada en el rincón como una niña, bajo la mesa, sollozando a Rusia, a su hijo, a la nieve que se le clavaba como picanas en su soledad.

Comprendió que la pena la estaba aplastando y que pronto sería sólo un charco de tristeza. Entonces valientemente comenzó a cantar la canción que entonaba ella en Rusia, cuando más arreciaba el invierno, para conjurar la inmensidad de la nieve y de la oscuridad. Tres notas que iban haciéndose cada vez más rápidas, como el trote de los caballos por la estepa inmensa. *Dayeinu*.

Poco a poco la señora Gitl, reincorporándose sobre sí misma y afirmada en la canción, tarareándola, se fue a arreglar para el Pesaj de la pensión Echeverría.

La mesa estaba hermosa. Las luces de los candelabros daban un tono de alegre confabulación. En el centro de la mesa el plato con las hierbas amargas, el *jaroset*, el hueso asado...

Las servilletas bordadas hacían guardia junto a los brillantes cubiertos y por única vez en el año las copas de cristal acompañando a la porcelana de la nostalgia rusa.

Cada cosa con su historia. La señora Gitl pensó que tal vez también las cosas arrastraban recuerdos, miles de años de historia se posaban en el centro de la mesa.

Se le arrugó el alma cuando se dio cuenta de que en la pensión casi no había niños, fuera de sus hijos menores y la hija de los Blum. Pero esa tarde todo relucía.

Las fuentes y el vino circulaban raudos. Todos estaban alegres. Fueron alabados los *kneidlej*. La Minduca pasaba y volvía a pasar, resplandeciente a la cocina, trayendo más platos, rebosando de orgullo. Esta vez ella había confeccionado muchos de los delicados sabores. Pero la señora Gitl conservaba la nuez de la amargura anidada en lo más hondo de su corazón, sin cartas, sin noticias, sin bufandas.

Su marido levantó la copa y recitó un brindis. Todos bebieron y miraron con expectación la puerta abierta esa noche, la única del año.

Levantó también ella su copa, tratando de atrapar la alegría y de sumarse al momento escurridizo del presente; su cuerpo se iba hacia el pasado. De pronto, hubo pasos que resonaron en el portal, ante el dintel lleno de aire. Todos se silenciaron y esperaron la figura del año: el profeta Elías.

Y, por la puerta abierta de esa noche inolvidable de Pesaj, con sus espaldas anchas de hombre, conservando los hermosos rizos de su cabeza adolescente, cargado con una mochila gigantesca, apareció Jaime, el hijo mayor de la señora Gitl.

En medio del profundo silencio de los ojos desorbitados, el joven destacaba en su apostura y belleza. En esta marcha triunfante, de kilómetros, su rostro sudoroso miró sonriente a los comensales y con grandes pasos llegó hasta donde estaba su madre.

Tomó en sus brazos a la señora Gitl que de pronto pareció pequeñita.

—Mamá —dijo.

Y allí, como abiertos con una llave, rompieron el llanto, la risa, las preguntas atropellándose, cuándo llegaste, por cuánto vienes, de dónde, cómo, los gritos de reconocimiento, si viene igual, qué va a venir igual, mira todo lo que ha cambiado, está estupendo, el asombro de la Minduca, tanto que creció este niño, se le pasó la mano, salitre le deben de haber dado, pero es el mismo de la foto, mejor que la foto, gritaban los comensales juntando las manos y bailando alrededor, con los niños del coro subiéndosele por los pantalones. Los hombres le daban palmetazos en la espalda, las señoras le tomaban los rizos, mírales, qué hermosos, es un príncipe, toda una revolución de sillas que se corrían, de copas que se ponían de nuevo, de manteles que se ampliaban, la mochila como un hombre sentado esperaba apoyada junto al aparador.

El joven abrazó a su padre en un abrazo largo y por primera vez se vio a don Samuel con dos grandes lágrimas en los ojos. Arreciaron los brindis y las copas centellearon.

—Pero esto —dijo la señora Gitl con el corazón lleno del licor de la felicidad— es mejor que cien cartas.

Y lo abrazó. Ahora ya no le importaba que volviera a partir. Sabía que su hijo era un regalo de Pesaj.

Nada triste podía suceder ahora. ¿Nada?

8

EL GUERRILLERO DE *EL SIGLO*

Lloviznaba.

La señora Gitl salió a abrir. Sonando con insistencia el timbre se estremecía nervioso en el cordel que atravesaba la casa. Tras la puerta —dijo después la señora Gitl— estaba un hombre y ella buscó inmediatamente en su bolsillo las monedas de rigor.

Pero ese hombre no pedía limosna. Venía a quedarse y se quedó. Comenzando por ese día de Pascua, en que lo hicieron pasar, siguiendo el rito de invitar a un forastero a la mesa de familia, engulló todo lo masticable y se echó para atrás en la silla con un cansancio agradecido que estremeció a todos los asistentes a esa mesa de pensión de la calle Echeverría.

Nadie sabe cómo ni por qué, pero lo cierto es que la señora Gitl le arrendó una pieza, decía ella, un galponcito en realidad, al fondo del patio. La pieza de guardar escobas y paños de limpieza. ¿Arriendo? La señora Gitl sonríe melancólicamente y eso basta.

—Sí, se la arrendaba durante el día para dormir, porque él vivía al revés.

Daba la impresión de que el hombre, como los trapos de limpieza, también se guardaba ahí. La pieza no tenía ventanas. A las tres de la mañana de inviernos y veranos salía con su carretón, arrastrándolo con la fuerza de un coloso.

Estaba orgullosísimo, porque había encontrado trabajo. Un trabajo para él.

—Yo hacer la América —decía, ronco.

La señora Gitl se apiadó. Le regaló un abrigo gigante que había sido de un levantador de pesas y le preguntó su nombre. Se llamaba Simón Garnitz.

Casi no hablaba. A través de sus monosílabos, la señora Gitl armó a duras penas una historia que se enroscaba en la pena, el miedo y el silencio.

Había huido del orfanato, de la cárcel, de la frontera.

—Nunca —dice la señora Gitl con los ojos humedecidos— me dio el menor problema. Era cierto que no sabía usar el cuchillo y el tenedor, pero yo conozco terribles personas que saben usarlos.

Como siempre ella tenía razón.

Todavía se acuerda de aquel día en que Simón llegó con una flor, ¿una hortensia completa era? La señora Gitl se ríe entre lágrimas, ¿a quién se le ocurre, mire, traerme una hortensia hasta con hojas... azules y tratar de prendérmela en el pelo?

—Yo... periodista —dijo Simón, dando la noticia sentado en la sillita de paja.

Y de ahí no salía. La señora Gitl se resistía a creer. El que vende pan es un panadero, el que vende carne, un carnicero. Lo último que podría ser Simón era periodista. Si casi no sabía hablar. Daba vueltas alrededor de ella, golpeándose el pecho, lleno de felicidad y mostraba el carretón. Yo... periodista.

Hilando cabos, ¿cómo es esto? ¿qué le habrán dado? La señora Gitl puso a prueba su inteligencia, es un hombre de adivinanzas, reía en la cocina. Tenía la magia de ponerla de buen humor, hasta en los días de lluvia.

Al fin comprendió. Apilados sobre el carretón se veían las rumas de diarios, doblados, listos para entregar en los kioskos.

—Repartidor, ya, ahí sí. —La señora Gitl se acercó a mirar los titulares para enterarse gratis de las noticias que explotaban como callampas en esos días de incertidumbre. Pisagua.

—Oiga, Simón, pero usted me está repartiendo *El Siglo*.

—Sí, yo periodista. —Garnitz se alisaba el inmenso pecho con las dos manos y la miraba de frente.

Parecía un niño esperando que lo condecoraran.

—Pero es que yo en la pensión no admito comunistas. Porque la política es lo peor, ¿sabe? —dijo la señora Gitl.

—¿Ah? —preguntó él.

Y entonces la señora Gitl comprendió que no había nada que temer.

Lo dejaba salir con su inmenso carretón, enrojecido bajo las varas, a las tres de la mañana con la gorra metida hasta las cejas. Todos los días igual. El joven volvía con un atado bajo el brazo, feliz, elevándolo por sobre las cabezas de los transeúntes y mirándolos con esos ojos irresistibles de bondad. *El Siglo*, voceaba a todo pulmón.

Se los compraban todos... Luego empezó a moverse con dos atados. Yo... muchos diarios... a pie. Nunca está de mal humor, ni le duele la cabeza, ni pega puñetazos como hacen los otros, pensó la señora Gitl, mirándolo como si fuera una especie de mago.

En la noche, contra todas sus costumbres de economía y justicia, la señora Gitl le tenía un plato de comida recalentada en el horno. Y casi se sentía como una revolucionaria del pueblo, esperando al hombre que llegaba al hogar.

Agotado, devoraba sin mirar su ración y luego se quedaba quieto, como esa primera tarde en que había llegado, mirando un solo punto en silencio, hasta que la señora Gitl se acercaba y le ponía una mano en el hombro.

—Es muy tarde —decía. Y él, levantando sus ojos increíbles de niño, se iba a acostar, sin palabras.

Cuando pasó el ropavejero, la señora Gitl se perdonó a sí misma la locura de haber sacado a plazos ese inmenso traje café oscuro, de lanilla.

«Baratísimo —se dijo en la cocina mientras pelaba cebollas—. Me saldría mucho más caro si se enfermara.»

Le dejó el paquete en la pieza.

Esa noche, él entró después de un rato a la cocina con el paquete y se lo tendió sin decir nada.

—Es para usted, pues —dijo la señora Gitl haciéndose la que estaba ocupada con el horno—. Pruébeselo, es de su talla y mire que su talla no es nada de fácil.

El no dijo nada y estuvo mucho rato parado, oprimiendo el paquete en sus brazos.

«Se ofendió», pensó la señora Gitl y se preparó para largar su sermón amargo.

—Uste... es... muy... linda— articuló Simón trabajosamente.

Y la señora Gitl, muy a su pesar, sintó que se le llenaba la cara de lágrimas.

—¡Qué tontería!, ¿le queda bien o no? —dijo.

Cuando comenzaron los enfrentamientos después del Golpe, la señora Gitl le recomendó no salir.

—¿No salir? ¿Ah, ah, ah? —dijo risueño y tomó el carretón.

—Hombre porfiado —le gritó la señora Gitl desde la puerta, furiosa por preocuparse de Simón, como una madre, como una esposa. Qué absurdo, pensó, y enrojeció. Y tirando los paños de cocina, se puso a amasar docenas de pancitos que guardó en un tarro, para los años de vacas flacas. Los ruidos de esos días recorrían anónimos la calle. Sirenas amenazantes, no de las salvavidas, qué distintas se oyen, pensó medio tiritando y se envolvió en un chaleco a pesar de que era septiembre.

El arroz, cosa rara, le quedó recocido.

Enojada la señora Gitl comenzó a asomarse a la puerta, a medida que anochecía, cada vez más seguido.

Ese hombre idiota, pensaba, tapándose los oídos para no sentir los disparos que rasgaban la calma de tejados y gatos.

Se prometió explicárselo a la mañana siguiente,

cuando le diera el tazón de té con pan de ayer, que remojaba al desayuno.

Pero de pronto hubo un ruido que le tocó el alma. Aunque era como los otros, no era como los otros. Éste había dado en el blanco de su aprensión y la señora Gitl se puso a temblar de angustia inconcebible, con los ojos secos, bajo la luna, retorciendo su bufanda de lana.

Y seguía con los ojos secos cuando fue a abrir la puerta ante el timbre que sonaba desaforado y vio entrar a seis hombres que traían al inmenso Simón Garnitz.

—Dormido, está desmayado, desmayado —repetía ella, conjurando lo que veía—. ¡Le dije! —gritó, abalanzándose sobre él.

—Somos sus compañeros de partido. Lo traemos para velarlo en casa.

—Llévenselo a la sede —dijo la señora Gitl temblando—. Nunca hubiera muerto si no hubiera sido comunista. No, déjenlo aquí y después lo vienen a buscar.

Lo llevaron a la pieza de guardar. Ahí, a sollozos que brotaban como plantas, suavizando el dolor, la señora Gitl se dio cuenta de que él nunca había cabido en la cama del fondo y que los pies le colgaban en esa pieza sin ventanas.

—Todo un héroe. —Se arrastraba el murmullo a sus espaldas.

—Murió defendiendo hasta el último.

—Y eso que no tenía armas, nunca tuvo armas, ni sabía lo que eran.

—La libertad de prensa, murió defendiendo la libertad de prensa, hay que poner eso en el comunicado.

Y entonces, cuando se acercó el fotógrafo, la señora Gitl le dio un violento empellón.

—Qué héroe, imbéciles —dijo—. Ese hombre era bueno, no un héroe. ¿No saben lo escaso que son los hombres buenos en este mundo? Ustedes le encajaron el paquete de *Siglos* y la gorra y lo mandaron a morir —la señora Gitl escupió en el suelo, fuera de sí— ¡por la po-lí-ti-ca! ¡Fuera de aquí! —Y dio el portazo de su vida.

Cuando se quedó sola con Simón, dulcemente dormido con los pies sobrantes, la señora Gitl se acercó a la cama a mirarle por última vez la cabeza de hombre bueno. Y sintió que al lado de afuera, en el patio, un grupo sigiloso entonaba la *Internacional* en voz baja.

Lloviznaba aún. Y volvía la vida cotidiana.

9

UN NOVIO PROFESIONAL

Esa mañana la señora Gitl rebanaba porotos verdes, a pesar de las protestas de la Minduca, que le arrebataba el cuchillo regalón de las manos y la manda a descansar.

—¿Para que me vuelva como la señora Bella, Minduca? ¿Para que esté al poco tiempo sentada en una silla de ruedas, pidiendo las cosas con la punta de los dedos, sin poder ni abrocharme los zapatos? No, gracias —dijo la señora Gitl exasperada con la eficiencia de la mujer que al comienzo la miraba humildemente preparar los vareneques de papas y ahora estaba a punto de alcanzar el reinado del lugar más poderoso de la casa: la cocina.

En ese momento, se oyeron dos cosas fuera de la rutina del segundo piso, un sollozo y un portazo. La Minduca salió inmediatamente fuera de la cocina y se paró al pie de la escalera para no perderse los detalles. Era incorregible, pensó la señora Gitl, sonriendo mientras seguía sacándoles las puntas a las vainas de los porotos verdes antes de que se mancharan, calculando las porciones exactas para un budín.

—Era el señor Markus. Todavía están discutiendo por lo del *schedej* de su hija. —La Minduca parecía estar enterada de los mínimos detalles de cada suceso que empapelaba la pensión.

Pero el sollozo se hizo pronto corpóreo. La hija mayor de los Markus, como una espiga rubia, apareció llorando en la cocina y fue a abrazarse todavía llorando a la señora Gitl, que la acogió golpeándole la espalda.

—Ya, ya, qué era lo que pasaba ahora, sí, sí, todos sabemos que tu papá, pero con calma se arreglan las cosas, y la peor manera es llorar, los hombres se ponen nerviosos con las lágrimas y hacen cualquier cosa, ya, ya, ¿que yo vaya a hablar con él?, pero hija, no sé qué decirle a tu papá, es tan porfiado, ¿por qué no dejamos a la señora Feigue que es la que está trabajando duro para tu compromiso? Además, tienes la suerte de que el joven está entusiasmado. No es el caso de todas, para que sepas.

Esther había llegado hacía poco a la pensión y traía revolucionados a los dos jóvenes, que ahora insistían en venir a almorzar, a tomar té y a comer, con una asiduidad de jubilados. Hasta para llorar es bella, decían, con esas lágrimas color pálido que le resbalan por su rostro de óvalo perfecto desde una mirada de tristeza jacinto que parte el corazón...

La señora Feigue viuda de Borizon, vieja casamentera y confabuladora de matrimonios, aseguraba discreción y seriedad, como decía su tarjeta de presentación, había encontrado la horma de su zapato. El señor

Markus, viudo, desconfiado y recalcitrante, tenía una idea muy exacta del marido que quería para su hija.

—Profesional, profesional antes que nada. No me venga a tratar de meter príncipes azules que no valen un cuarto —fue lo primero que había especificado claramente a la asustada señora Feigue, quien le había asegurado que si no, no se hubiese atrevido a hablarle a él, por supuesto que el candidato era de muy buena familia, de los Cohen, de... usted los debe de conocer, en la sinagoga, los sábados.

—No, no los conozco para nada. —Había golpeado en la mesa—. Pero conozco las fantasías absurdas y los romanticismos de Parque Forestal de mi hija y no quiero, po-si-ti-va-men-te, no quiero nada parecido a eso, ¿me comprende?

Cuando decía «me comprende» se sacaba los anteojos y los limpiaba de una forma realmente temible y la señora Feigue nunca se había encontrado en su vida con un trabajo tan difícil. Le había sido encomendado por don Shimek, padre del novio. Ella, claro, por supuesto conocía a otro candidato, un muchacho deslenguado y de ojos cariñosos que la había dejado turulata esa mañana en que la señora Feigue le había hablado de las ventajas de la muchacha, alta, buena figura, rubia, de dulce cara y modales...

—Claro, doña Feigue, tráigamela.

—¿Cómo tráigamela? Adónde quiere que se la...

—En Gath & Chavez y me la pone desnudita en la vitrina para que yo, que soy el lobo feroz, me la coma de un bocado.

Se fue riendo a carcajadas, mientras la pobre mujer se limpiaba el soroche; buen trabajo le habían encomendado, casar a ese calavera.

No eran muchas en esa época. Las muchachas ansiosas por casarse, agradecidas de alguien que las eligiera habían pasado hace algunos años. Las chicas de hoy eran difíciles, caprichosas, no sabían ni siquiera hacer *gefilte-fish* como Dios manda. La profesión se le estaba poniendo cada vez más complicada. Si las cosas seguían así, tendría que cambiar de rubro y le horrorizaba trabajar en cualquier cosa. Como fuera tenía que triunfar en este *schedej*, para mantener su reputación. Así, la hornada de niñas del barrio Independencia la elegiría a ella como segura para establecerse con un buen marido. Curiosamente, la joven de los Markus se abalanzó sobre ella como si fuera una tabla de naufragio y le había susurrado, en medio de sus labios húmedos y sollozantes:

—Por favor, convénzalo, convenza a mi papá, él no quiere que yo me case, quiere que estudie, que estoy muy joven —dice—, y no para perder el tiempo calentándole la comida a otro y zurciéndole calcetines, pero yo...

—¿Si?, pero tú... —la animó la mujer.

—No sé lo que me pasa. Yo quería estudiar, pero ahora... no sé..., pero... me gustaría tanto estar calentándole la comida y zurciéndole los calcetines... ¿Usted cree que estoy enamorada? —se abrazó la chica a ella. Era joven, sin madre y creía que estaba frente al amor de su vida. Había que aprovechar la oportunidad. La señora se acomodó el cuellito de astracán y dijo que haría lo que pudiera por ese mujeriego que no la merecía.

Pero no había podido hacer mucho. Ya llevaban como diez intentos de entrevistas y el padre continuaba inconmovible.

—Que muestre el título profesional —dijo—. Ahí empezaremos a conversar. —Incluso se había negado a la clásica visita formal de los padres del candidato.

La señora Gitl, por su parte, recibía la visita de Esther llorando todas las noches en su pieza. Tenía que levantarse, llevarla a la cocina, darle un té, decirle que no se preocupara, que todo se iba a arreglar, que al joven le faltaba dar el examen final y le darían enseguida el título.

Entretanto Esther nunca se dio cuenta de los descalabros económicos que causaba en la pensión, con dos varones jóvenes, paseándose por los pasillos noche y día, sin querer salir, por si tenían la oportunidad de verla, demorándose en las cuatro comidas, engullendo cantidades increíbles de pancito tostado con mantequilla, porfiando por bañarse a diario, encoloniándose a granel, tanto que el marido de la señora Gitl reclamaba que esto ya parecía burdel con los olores subiendo por las paredes y preguntaba qué le pasaba al vino y a la cerveza y al pan y al queso y a la mantequilla y a la mostaza, que no duraban absolutamente nada.

—Es la pelea de los zánganos —reclamaba la Minduca, furiosa de tener que lavar montañas de camisas y de planchar cerros de pantalones con la raya, nadie como la Minduquita para eso, Minduca, por favor, este pañuelo, estos calcetines, esta corbata, por favor, Mindi, sáqueme esta manchita de aquí, de allá...

—Chist, ni que yo fuera su esclava —reclamaba corriendo de pieza en pieza, tirando las prendas, recién limpias, recién planchadas, recién listas... todo para la hora del té, cuando aparecía la joven... con su padre, que los miraba a todos por debajo de sus terribles cejas y no dejaba que nadie acaparara la conversación, cortando de raíz los temas con comentarios ácidos, que cortaban la leche y hacían dar marcha atrás a los admiradores. Pero se animaban de nuevo viendo la tristeza violeta desprenderse de ojos y manos de la hija que sobrevolaba el pan con mantequilla, sin querer ni siquiera probarlo, mirando a su padre con el mismo gesto de la doncella prisionera de un monstruo. Entonces, los galanes de la pensión de la calle Echeverría se imaginaban que ellos algún día escalarían el castillo para salvar a la princesa de las garras del ogro que exigía profesionales y procederían de inmediato a casarse con ella, ocupando tal vez otra pieza en la pensión de doña Gitl y siendo muy felices, bajo las barbas del viejo... que ya no podría hacer nada para evitarlo. Todos soñaban y la señora Gitl andaba desolada, recogiendo los platitos con mantequilla para que no se acabara de una sola vez.

Pero ahora era demasiado; Esther sollozaba en su hombro por centésima vez y le estaba arruinando la reputación de pensión familiar. Esto era trágico. La señora Gitl secó las lágrimas de la joven llena de la energía de las grandes decisiones, con un paño de cocina y dijo:

—Quédate aquí, hija. Voy a subir un ratito a hablar con tu padre.

Ella se abrazó llorando a los pies de la señora Gitl, no, por favor, sería peor, es muy estricto, le gritaría, lo más probable era que le gritaría. Esta noche, explicó entre sollozos, era la más terrible. Esta noche, él visitaría a su padre con su título en la mano. Acababa de dar su examen de grado y había salido bien. Esta noche, tal vez podría haber compromiso. Él ya es profesional, vendrá con sus padres, tal vez si usted quisiera estar en la entrevista para ayudar a la señora Feigue que está tan nerviosa, señora Gitl, usted es tan buena, yo se lo suplico... si no no hay nada que me interese en esta vida.

—No digas tonterías, niña —bufó la Minduca—. Todo en la vida es interesante, hasta los problemas.

La miraron las dos. Como siempre la Minduca tenía razón, dijo la señora Gitl, pero esta vez se iba a tratar de que los problemas se acabaran en su pensión, porque ya estaba cansada de pagar cuentas de gas y de comprar tanto almidón para cuellos.

La entrevista se desarrollaba solemnemente en la pieza del señor Markus, encerada hasta la saciedad por la Minduca, con todos los objetos sagrados puestos en los estantes, lustrados cielos y muros, con escobillón y trapos. La estancia relucía. La señora Feigue también, sobre todo su nariz que parecía un farol chino sobre un pequeño tonel. La señora Gitl había subido la alfombra del living y la había puesto para la ocasión.

Los padres del novio entraron. Sin duda, de todos los que estaban en la estancia, con Minduca incluida, que no dejaba de entrar y salir para mirar cómo se iba desarrollando el asunto, el joven era el más suelto de cuerpo; se abanicaba con un gran sobre blanco, donde seguramente tenía el título profesional requerido por el exigente suegro.

Los padres del novio tomaron asiento como para una fotografía y de ahí no se movieron más. Eran gruesos y también resplandecían. La señora ostentaba un curiosísimo sombrero con respecto al cual la Minduca hacía toda clase de gestos desde la puerta. «Parece una bacinica con flores», decía. La señora Gitl la hizo callar.

—Bueno —comenzó la señora Feigue—, ya nuestro querido candidato tiene...

—Que yo sepa no es candidato de nada —interrumpió el señor Markus, parapetado detrás de su sillón. Era el unico que no había querido sentarse—. No es candidato de nada. Las elecciones están lejos todavía.

—Bueeeeno... —La señora Feigue se arreglaba el moño con frenesí—. Se trata, señor... que, de acuerdo a lo conversado...

—Yo no he conversado absolutamente nada —cortó nuevamente, limpiándose los anteojos—. Nada, de nada... A mí me preocupa el que sea profesional joven, —dijo dirigiéndose directamente a él, que se abanicaba con el sobre blanco. —¿Tiene usted su título? Mire que ésta es una niña de cien mil pesos de dote y usted comprenderá que yo tengo que exigir ciertas garantías de seriedad.

—Por supuesto —dijo él alegremente, poniendo el sobre en sus manos y esperando orgulloso a que lo abriera.

Pero el orgullo le duró poco. El señor Markus leyó el título y su cara se volvió afilada; tirando el papel sobre la mesa, donde esperaban los pastelillos y el té de la celebración, anunció con voz estentórea que hizo retumbar las porcelanas de la señora Gitl:

—Cincuenta.

—Perdón —musitó la señora, secándose el sudor con una especie de huaipe—; ¿cincuenta qué?

—Cincuenta mil. Ahora sólo doy cincuenta mil de dote —masticó el señor Markus, volviendo a limpiar sus anteojos y mirando a la señora Gitl.

El futuro consuegro dio un salto y se puso de pie. Era tan bajo que no hacía mucha diferencia. Indignado, temblándole la voz,repuso:

—Estimado señor... cccrreeeo quue...

—Me agrada que usted me estime —cortó el terrible señor Markus—. Yo no lo estimo a usted. Fuera de eso, ¿qué me iba a decir?

—Que no creo que tenga ninguna razón para bajar a cinc...

—Mire —cortó el señor Markus, apartando de un tirón los brazos de la señora Feigue, que cacareaba para aplacar las cosas, don Markus, espere, tal vez conversando lleguemos a una...—, mi hija, ustedes la ven, merecería que alguien diera dinero, mucho dinero para casarse con ella, con su belleza, con su juventud, con su inteligencia, con su suavidad, con su cultura, con su... todo lo demás. Yo no tengo por qué dar dinero para que se case. Aun así, me someto a las costumbres y puse cien mil pesos para un marido que realmente la merezca, un profesional, un médico, un ingeniero, abogado, pero su hijo tiene una profesión de mierda. ¡Farmacéutico! ¿Cómo se le ocurre venir a restregarme a mí este título que no vale ni para lustrarse los zapatos? Agradezcan que mantengo la mitad de la dote, en vez de quitarla toda y hacer pagar a su hijo para casarse con mi hija, que es lo que realmente debería hacer yo. Pero sé entender el amor y todas esas cosas y por esto ni un centavo más de cincuenta mil saldrá de aquí —dijo tocando sus bolsillos— para este matrimonio, que no es, señora Feigue —y miró a la veterana que temblaba pensando en su comisión—, ni conveniente ni alentador, ni ninguna de las cosas que usted me pintó con los colores del arco iris.

La señora Gitl vio entonces cómo las bandejas de sus pastelillos eran barridas por los gritos de protesta y de discusión, que se prolongó —entre puñetazos a la mesita de caoba, que temblaba con el samovar listo— hasta altas horas de la noche, hora en que sin haber tomado té, ni pastelillos, ni ninguna decisión, todos salieron furiosos, dando portazos y echando a volar palabras como estafa, mentiras, el colmo, palabra de matrimonio, etc., etc., etc.

La Minduca, regocijada, miró irse al sombrero de la suegra fallida, riéndose a mandíbula batiente detrás de la puerta.

Pero al día siguiente, al bajar a tomar el desayuno, los dos jóvenes adoradores de la princesa lila vieron su puesto vacío en el comedor y al señor Markus rasgar la servilleta de género con dedos blancos de furia. No se atrevieron a preguntar, pero se fueron en tropel a la cocina donde la Minduca hervía la leche.

—Sí —dijo ella—. La señorita Esther no podrá bajar. Está enferma y con razón. Miren el papacito que le fue a tocar.

Esa tarde cuando los jóvenes tristísimos espiaban el corredor de su amada esperando verla aparecer siquiera brevemente por el pasillo, la pensión de la señora Gitl fue inundada de timbrazos. La Minduca fue a abrir y llegó maravillada:

—¿Cómo lo entramos, señora Gitl?, no cabe por la puerta.

—¿Qué cosa, Minduca, qué no cabe por la puerta?

Todos se precipitaron al hall de entrada. Allí, sedoso, en la desierta oscuridad de la pensión, respiraba el ramo de rosas color té más grande del mundo; los lazos gigantescos de raso beige se encaramaban a los barrotes de la escalera, como un respiro de amor. Era inmenso. El olor a rosas inundó violento las puertas de las piezas. La de la joven Esther se abrió lentamente.

Y los jóvenes de la pensión, adoradores sin esperanzas, que la amaban en silencio, dijeron después que nunca habían visto una mujer más bella que la que descendió de la escalera, con tobillos de reina, segura ya de lo que quería para su vida, y lentamente también, sacó una sola rosa, la prendió en su pelo y desapareció de la casa.

10

EL SEÑOR KANTOR

El señor Kantor llegó a la calle Echeverría sin maletas. Traía un bulto amarrado con correas.

—Vengo recomendado por don Isidoro.

—¡Pase, pase! —Doña Gitl pensó en el viejo Fisher, que no abonaba un peso a su cuenta hacía más de tres meses.

—No me quedan piezas, pero si no le importa compartir...

—No me importa —contestó el hombre.

Marcos Fisher había sentido alivio cuando se llevaron al hospital a su antiguo compañero de pieza. El pobre tosía toda la noche, escupiendo sin cesar. El alivio dio paso al temor, había descansado profundamente las noches que disfrutó de la pieza para él solo. No podía dejar de pensar en quién vendría a compartir el cuarto esta vez. Se asomó cuando vio a la señora Gitl conversar con un hombre de abrigo oscuro.

—Venga, señor Kantor, le presentaré a su compañero de pieza —decía doña Gitl.

El temor se disipó cuando vio llegar un hombre flaco casi de su misma edad que tomaba posesión de la mitad del cuarto.

—Soy Kantor —dijo. Y parecía sano.

—¿De dónde es usted? —le preguntó don Isidoro enseguida.

—Alemania. Soy solo, la familia quedó sembrada en los campos de exterminio. ¿No nos conocemos?

—¿Ni un solo pariente? —Fisher lo miraba compasivo.

—Ninguno —dijo Kantor tajante—. He huido de los alemanes, los polacos y los rusos. —Y lo miró con indiferencia.

El compañero de Fisher era extremadamente limpio. Kantor era el que cada mañana lavaba los peines, el que colocaba el jabón en la jabonera, barría las migas después de comer galletas en la pieza y ponía a secar al sol las toallas, luego de bañarse.

—Así deberían ser todos —pensaba la señora Gitl.

A mí la mugre no me molesta, reflexionó el señor Fisher, mirando cómo Kantor ordenaba los frascos en la repisa de vidrio en formación militar: polvos dentales, crema de afeitar, colonias, remedios.

Después de un par de meses de convivencia se conocían las manías, las batas de levantarse, los gases intestinales.

Fisher, hijo menor de una familia pobre, nació en Besarabia. Todos huyeron a Polonia cuando vino la invasión alemana; él fue el único que escapó con vida.

No era hombre letrado, leía un poco de yidish, pero el último tiempo, sólo los titulares, los anteojos ya no le servían.

—Un tipo extraño este Kantor, lee el día entero, escucha conciertos en la radio al mínimo de volumen, rígido como en trance, cuando tocan marchas.

La llamada de la dueña de la pensión los juntaba, para compartir el almuerzo, o cuando tomaban sol en el patio.

Kantor no recibía visitas ni cartas. Pero dormido era un hombre acorralado; hablaba en sueños, de hombres y mujeres que desfilaban.

—Se cree un torturador, un simulador, un especialista en el disfraz.

Las toses de su anterior compañero fueron sustituidas por las pesadillas de Kantor. Isidoro lo miraba revolverse en la cama: «Dice que Kantor no es su verdadera identidad, que es ario puro, que ésta es la única forma de escapar de los cazadores de nazis, ¿qué está diciendo?» Se acercó. «Sus jefes le han ordenado que espere le sea creada una nueva "identidad".» Hasta él, de habitual sueño tranquilo, lograba desvelarse.

—Habló durante toda la noche —le dijo. Kantor perdió su serenidad diurna. Lo acosó a preguntas ¿Qué dije? Lo tranquilizó.

—No se preocupe, le sucede a todos los que han pasado por los campos de concentración.

Kantor dejó de tomar las pastillas para dormir desde esa noche. Y se acercó a Isidoro para hablarle por primera vez.

Empezaron a jugar dominó en las tardes, esperando la comida.

—Es un hombre educado —comentaba doña Gitl—, no hace ruido para comer.

Las distintas estrategias le dieron cierto prestigio entre los otros pensionistas, que los miraban jugar, haciendo pequeñas apuestas al ganador.

—¿Qué hacía usted antes de la guerra? —preguntó Fisher a su compañero de pieza.

—¡Era músico!

—Yo era sastre en mi pueblo.

Kantor salía un día a la semana, todos los miércoles. Apenas cerraba la puerta, se formaba una discusión para saber dónde había ido.

Un día volvió con chocolates para la señora Gitl.

—Puede que tenga una mujer.

—Los miércoles es día de carreras en el Hipódromo Chile.

—Yo creo que va a sentarse delante de las películas cochinas.

Fisher insistía en que Kantor vibraba con la música.

—Estoy seguro que va a los conciertos.

Los miércoles Kantor llegaba tarde y se quedaba sin comer. Un día no volvió.

El señor Fisher esperó hasta muy tarde antes de dar aviso. Le dijeron que no se preocupara, que lo iban a encontrar pronto. Pero él escuchaba el silencio en el cuarto y presentía que algo no andaba bien.

En la mañana vagó por las inmediaciones, dando la descripción de su compañero de pieza.

La siguiente noche tampoco regresó, ni la otra, ni

la otra. Pero él, tenaz, deambulaba el barrio, gastando las esperanzas de encontrarlo. La mujer que barría la acera con bata y zapatillas de levantarse le replicó:

—¿Usted me está hablando del gringo alto con abrigo? Me pagó un año adelantado por la pieza y eso que viene sólo una vez a la semana.

Ella misma acompañó a Fischer a regañadientes, subiendo la escalera con dificultad, se le notaban los racimos de las várices.

—Cuando viene se encierra a escuchar discos raros, como de gritos. A mí no me deja dormir la siesta ni una pestañada. Se lo pasa marchando. Es aquí.

Golpeó repetidas veces. Un fuerte olor llegó hasta él. Se pasó la mano por la nariz.

—¿No siente un olor raro, señora?

—¿Qué se cree que uno le arrienda a cualquiera? —dijo la mujer de las zapatillas—. Es bien limpio el caballero para que sepa, él mismo hace el aseo de la pieza cuando viene.

—¿Cuándo lo vio salir? —Sintió que la espera de algo terrible se dejaba caer. No quería seguir preguntando y sin embargo acosaba más y más a la mujer. Tenía miedo. El también era un hombre viejo.

La mujer de las várices se afirmó en la escoba, trató de recobrar el miércoles anterior.

— Yo lo vi llegar, puso la victrola pero no marchó...

—¿Y eso cuándo fue?

—¿Cómo que cuándo fue? El miércoles pasado, pues.

—Pida ayuda, pida ayuda, puede que haya sucedido algo grave.

—¿Y no se irá a enojar el caballero? —Ella se subió los calcetines y fue en busca de su abrigo, rezongando.

La tercera habitación del segundo piso sólo tenía una cama, un velador y un estante.

Ese día el hombre llegó con las dos maletas. Colgó el retrato de Hitler y se paró ante él con la mano extendida en posición de firme. ¡Heil! ¡Sieg Heil!

Ubicó a cada lado de la fotografía los estandartes rojos con un círculo blanco y dentro del círculo la svástica negra.

Luego fue sacando cuidadosamente las condecoraciones de los estuches de piel humana y el *Mein Kampf* junto con su Lüger. Desdobló su uniforme y procedió a vestirse como en un ritual. Su rostro se iluminó. Abrió la segunda maleta, donde asomaba el brazo brillante del tocadiscos; le pasó un delgado paño de ante, como una caricia. Los sones de *Horst Wessel Lied* llenaron el cuarto.

Del fondo falso de la maleta sacó sus botas. Pasó el dorso de la mano por dentro y comprobó el filo de los clavos. Introdujo el pie, pero ni un rictus asomó delatando el dolor sangrante clavado en las plantas.

Comenzó a marchar. Sabe que puede dar cinco pasos en dirección norte-sur antes de llegar a la próxima pared.

—Pensé que iba a enloquecer en esa pensión con el olor a perro judío. Jamás buscarán a un antiguo S.S. condecorado en ese lugar. Ahora, hay que esperar órdenes, que nuestro Führer regrese. No creerán esos infelices que nos tragamos la farsa del búnker; uno, dos, uno, dos, uno, dos... *Horst Wessel Lied.*

»Renaceremos de las cenizas, dominaremos el mundo... Cómo me asquea ese Isidoro, cree que soy su amigo, su cabeza servil, es ignorante y todo ese desorden.

Se estremece, cinco pasos hasta la pared, de ahí, media vuelta. El taconeo se hace más fuerte, más fuerte... más fuerte...

Los muchachos del almacén empujaron la puerta. Fisher vio a su amigo tendido en el suelo, el rostro contraído, los ojos vidriosos, las pústulas junto con los galones, reventándose en la piel. Una multitud de moscas se disipó con el viento de la puerta recién abierta, la hebilla del uniforme de los S.S. incrustada en el vientre abultado.

—«Dios que reinas en los cielos» —balbuceó el señor Fisher.

La autopsia reveló su muda agonía. El señor Fisher se preocupó de que su amigo fuera enterrado como la ley mosaica lo ordena.

Aunque Kantor hubiera enloquecido, Isidoro reunió a los diez hombres. Pese a todo la interrogante lo perseguía: ¿Dónde había conseguido la distinción de honor?

La señora Gitl prohibió que se hablara de ello en la mesa y dijo que todos los hombres de la pensión deberían ir al entierro. Los Rosen se disculparon. Ese mismo día llegaría desde Polonia el novio de su hija.

11

DESDE POLONIA

Los Rosen comenzaron a preocuparse por el futuro de su hija Ruth, que pasaba de lunes a viernes con la cabeza en el horno vigilando la comida, sin salir ni ponerse tacos altos, para ir al cine con muchachos, mientras sus padres trabajaban en el negocio del Baratillo vendiendo harina tostada.

Entonces papá Rosen tomó el problema sobre sus hombros y decidió que lo mejor era escribir a Polonia encargando un novio. Podía ser que no tuvieran lujos, podía ser que se pasara frío, pero lo que no podía ser era que las señoritas Rosen no se casaran.

Se cruzaron cartas al pueblo natal, preguntas sobre situaciones económicas, climas, rostros, edades. Una foto cuidadosamente retocada de Ruth fue enviada dentro de un marco de plaqué. En realidad, el sombreado de los ojos, hecho con la pluma personal del fotógrafo prestaba una dulce belleza a la muchacha. La Ruth de la realidad había nacido sin retoque alguno y era dueña del tabique nasal más respetable del barrio Independencia y una estatura que, por suerte, no se apreciaba en la foto con los tacos altos que compró papá en una liquidación de la calle Rosas; podía pasar por una persona normalmente baja.

La foto viajó por mar y tierra y llegó a las manos del novio, quien se demoró un tiempo en lanzarse a la aventura de buscar a su amada, pero al fin empujado por la miseria, el temor a la guerra y la necesidad urgente de sus progenitores de que su hijo tuviera un futuro, se decidió. Embarcándose y tapando la foto firmó el contrato. En el barrio se supo que venía, traído desde Polonia, un novio para Ruth que viajaba para casarse con ella. Todos quedaron con la boca abierta.

—¿Qué Ruth? —preguntaron—. ¿La de los Rosen?

Al informarse que sí, se precipitaron a la pensión de la señora Gitl, que almidonaba cortinas y gritaba que los que venían entrando se limpiaran los pies en el choapino, por favor.

El señor Rosen había solicitado en forma especial que le prestara el gran comedor de la pensión para la fiesta de bodas y la señora Gitl había accedido porque estaba segura de que nadie tenía un comedor más grande, ni cortinas más almidonadas, ni trinche más flamante, ni mesa donde cupieran todos los invitados sentados.

Ruth llevaba y traía sábanas y toallas, arrebolada y nerviosa. Se negó a mostrar la foto de David, que llevaba a resguardo bajo su pecho, como un talismán contra la soledad.

Las dos hermanas menores de Ruth, quienes ostentaban la misma nariz, fueron acosadas en los pasillos y corredores con preguntas: «¿Cómo es? ¿Es tan bajito como ella? Debe de ser más bien gordo, ¿no crees?» Las hermanas adquirieron un mirar enigmático y fueron a la librería a comprar los sobres de invitaciones para el matrimonio.

Papá Rosen había decidido jugarse el todo por el todo en esto de dejar colocadas a sus hijas y anunció que iba a invitar a todo el barrio a la boda.

La curiosidad era total. Una boda era tan importante como un entierro, pero especialmente esta boda, con esta novia que levantaba fatigosamente su rechoncha humanidad a un metro cuarenta del suelo.

Se hablaba de cómo iría a ser el encuentro en Valparaíso junto a los muelles de la bienvenida en unos días más, imaginando al novio un oportunista ya detrás del mostrador familiar pesando harina tostada.

Ruth fue la única que no quiso meterse en el corrillo de suposiciones; se miraba al espejo, apretando el papel con el contrato matrimonial, que el novio había mandado aceptándola con su ancha rúbrica, desde el otro lado del océano.

En lo oscuro de su pieza, con los ojos anegados en la noche, Ruth se imaginaba que era igual, pero distinta, de cuello grácil como una rosa de tallo largo y ojos grandes de forma de almendra.

La señora Servanda, la costurera de la Plaza Chacabuco, salió de compras al centro y llegó con un alto de figurines del invierno recién pasado, última moda en Europa y se instaló a coser, como enajenada; que le trajeran el género, pidió, pero no tan justo, después tengo que hacer milagros para que alcance. Las señoras entraban con su paquete en la mano mirando con ojos de recelo a la que recién salía.

Había tanta tensión en el ambiente que la señora Servanda tuvo que disponer un biombo en su taller, formando un laberinto, para que nadie mostrara a las otras los modelos elegidos.

—Todos los modelos son exclusivos —gritaba.

Hasta que las echó a todas, anotó los nombres en su libreta lila, con las fechas y modelos, y anunció que iría a dejar los vestidos el sábado y solicitaría a cada cliente en privado los adornos necesarios. La palabra «en privado» tuvo la virtud de tranquilizar los ánimos y de aprontar las esperas.

—¿Y la comida? Ay Dios, ¿cómo lo voy a hacer con la comida? —La señora Rosen, madre de Ruth, elevó los ojos y las manos al cielo y dejó caer los coladores. No se sentía capaz de hacer el pescado relleno, los pollos asados, el *fluden*, en esa cocina tan pequeña. La otra tragedia era el tiempo: el miércoles llegaba el vapor con el novio a Valparaíso. Había que ir a esperarlo y era un día perdido. El otro día estaba destinado a la compra de un terno oscuro al novio, que en la fotografía venía viajando con una chaqueta con mangas tres cuartos, que apenas le tapaban la mitad de los brazos buenos para hacerse la América y para acarrear sacos de harina tostada. ¿Y el viernes? Ah, no, el viernes la señora Rosen no podía cocinar, había que ir a la sinagoga a avisarle a Dios que se casaban los hijos.

En medio de la euforia de expectativas de boda y

vestidos nuevos, ahí en esa cocinilla no podía cocinarse ni el ala de un pollo. Y se hizo la repartición: la señora Zlote llevaría el pescado relleno, la señora Pessie los pollos *kosher*, la señora Elena el pan trenzado y los pepinillos; del vino y los refrescos se encargarían los Rosen, la torta de novia era un regalo de las compañeras de colegio de Ruth.

La señora Rosen agradeció aleteando y fue a preparar a Ruth, que seguía con la foto del novio escondida bajo siete llaves y pasaba en pruebas que duraban de una a tres horas con doña Servanda, que por ese tiempo, con todo el trabajo que tenía, se acostumbró a andar con alfileres en la boca y no se los sacó más.

Nadie vio el vestido de Ruth por más que se apretujaban en la sala de espera.

Era el año en que hacía furor el *crep-georgette*, los zapatos y los guantes en el tono y los vestidos plisados claros con cintas en el pelo de la misma tela para las niñas jóvenes.

A todas les tocó vestido y zapatos nuevos, hasta a la bella Vania, cuyo padre compró rezongando el par de zapatos celestes más finos del barrio, porque se iba a aprovechar que ya tenía más de quince años y había menstruado para que apareciera en el mercado matrimonial.

—¡Ya les dije, no me traigan las telas muy justas! —gritaba por señas desde la ventana la señora Servanda—. ¡Que este año vienen los fruncidos!

Las casas hervían de actividad y en la pensión de la señora Gitl se preparaba la mesa y la sala para la gran fiesta; la Minduca andaba de pésimo humor porque le habían mandado que todo brillara, como si no lo supiera.

—Quieren sacarle lustre hasta a las paredes —decía, pasando el chancho a lo largo de las tablas que despedían rayos de caoba.

Ruth dormía mal. No quiso contarle a sus padres lo del sueño con manadas de pájaros llenos de cintas negras, atravesando el cielo y nublándolo. David se acercaba sonriente a ponerle el anillo, pero el aire, estremecido con mil gritos, quebraba todos los espejos y hacía temblar la mano del novio. El anillo caía al suelo rodando y desaparecía.

Ruth despertó agarrotada de angustia. La madre golpeaba la puerta para avisarle que estaba listo el baño. Era el día que conocería a su novio.

Nadie habló una palabra durante el viaje en tren a Valparaíso.

Cuando el novio bajó del barco, el sol se quedó un poco atrás. Porque él era bello como un sol. Venía descendiendo por la escalerilla con su maleta parchada y las mangas de su chaqueta corta devorada por las hilachas. No usaba corbata.

«¡Qué hermoso es!», pensaron todos. Y nadie lo dijo.

—¡Ésta es tu novia, David! —le dijo el padre de Ruth después de besarlo en ambas mejillas y de abrazarlo contra su corazón.

David entonces miró a Ruth con una sonrisa que fue lentamente desapareciendo.

En el tren de vuelta iba muy serio, contestando

educadamente las preguntas de su futuro suegro sobre el viaje.

—Aquí, la misma Ruth te enseñará el idioma. Ella ha obtenido el primer lugar en su clase, ¿sabías?

David se veía ausente. Los ojos le galopaban por la ventanilla. Sí, sí aprendería el idioma. ¿El trabajo? No, al trabajo no le tenía miedo alguno, sí, empezaría desde abajo.

No se quiso sentar junto a Ruth. Rosen padre, riendo, lo palmeó en la espalda.

—¡No seas tímido, hombre!

Ruth miraba por la ventanilla, transida de dolor, mientras apretaba bajo su blusa cerrada la foto y el contrato matrimonial.

Cuando llegaron a la pensión de la señora Gitl, el novio venía en un silencio entumecido y miraba las montañas fijamente.

—Ah, este novio parece un pollo desplumado —dijo la Minduca y se fue arrastrando sus zapatillas a la cocina, pensando que había encerado la casa entera para ese que andaba todo achunchado.

David se paseaba, pegado a las paredes. Al fin se metió a la salita oscura del recibidor. Allí permaneció un tiempo serenándose. Salió después al pasillo y buscó al señor Rosen, que se paseaba orgulloso dando las órdenes para la comida.

—¡Tío! —comenzó David en la penumbra, mirando con desesperación las calas que se desmayaban en un florero demasiado corto—. Yo le agradezco que me haya traído a América, tío... por favor, devuélvame la palabra de matrimonio...

El señor Rosen se quedó estático, sin poder ni siquiera hacer el gesto de pasarse la mano por el pelo que hacía siempre.

—¿Qué dijiste? —logró articular al cabo de un rato.

—No puedo casarme con Ruth, devuélvame mi palabra —dijo David, rojo de vergüenza, mirando el suelo. Parecía que su chaqueta de inmigrante le quedaba más corta que nunca.

El señor Rosen se levantó.

—Yo no te devuelvo nada —dijo y salió a grandes pasos a la calle.

Y entonces sucedió. Que el novio se quedó sin su palabra. Se le veía deambular mudo y desesperado por la pensión, sin poder expresar toda su desesperanza.

David era realmente hermoso. Todos lo espiaban. Iba al balcón, se paseaba por el comedor, se asomó a la cocina, subió a la mansarda, todo en silencio, sin que hubiera nadie en el barrio que le pudiera devolver la palabra empeñada. Nunca habíamos visto un joven tan triste, ¿recuerdas?

Hasta que entonces, desde la calle, surgió Ruth.

Él la vio vestida de novia. Todos quedaron helados. David bajó la cabeza y Ruth caminando majestuosamente se veía más alta por la serenidad de la decisión tomada y lo llevó a la sala. Y allí en medio de todos sacó de su seno la foto y el papel de la promesa de matrimonio.

—David —dijo Ruth con su voz suave—, yo te devuelvo la palabra.

Nunca la habían visto bella, se codearon estupefactos. Ahí, Ruth Rosen, en esa sala de la pensión de la calle Echeverría, embelleció extraordinariamente por un instante.

David, con lágrimas en los ojos, se acercó y la besó muy suavemente en ambas mejillas.

—Gracias —dijo simplemente y se enderezó en toda su estatura de príncipe. Ya podía soñar nuevamente.

Pero ése —decimos hasta hoy—, ése fue el beso de amor más tierno que hayamos visto.

—Y claro que se lo ganó, no faltaba más, un alma noble la Ruth —dice la Minduca—. Tanto que le alaban ahí al David por quedarse a trabajar con el señor Rosen, pagar su pasaje del barco y ser como hermano para las hijas y conseguirles novio a todas, una por una, con su deber no más cumple, digo yo.

—Ya Minduca —dice la señora Gitl—. Cállate: es hora de repartir la comida y guardar la loza. —Y se fue a dormir con un sueño sondándole la cabeza: al día siguiente, alguien tocaría la puerta.

12

COPAS DE VINO TRISTE

—No seas ambiciosa, mujer —dijo su marido, sumergiéndose entre el humo del brasero—. Creo que con los huéspedes que ya tienes, te las arreglas para andar corriendo todo el día.

—No se trata de ambición —contestó la señora Gitl, arrugando la sábana recién planchada y mirando con inquietud por la ventana—. Al contrario: por primera vez en mi vida, creo que preferiría que no viniera nadie.

Pero el que tocó el timbre esa tarde a las ocho era un hombre encantador, y todos, incluso la Minduca, pensaron que esta vez la señora Gitl se había equivocado: de pie en el umbral, su pelo castaño revoloteaba tímidamente mientras el equipaje asomaba detrás de sus hombros de príncipe con hambre. No traía ni siquiera maleta y se llamaba Jacobo Bernstein. Venía huyendo de la última razzia en Europa y guardaba celosamente entre sus ropas una bolsa con toda su fortuna, que no le hubiera alcanzado a la señora Gitl para comprar las verduras de la semana.

—Pshh, otro muerto de hambre —rezongó la Minduca—. Su corazón, señora, ya parece calcetín de Pascua, con tanta gente que se descuelga aquí, pagando a medias, pero comiendo como reloj, eso sí que no lo perdonan.

La Minduca pasaba una mala época. Su hija le había mandado a avisar que estaba de nuevo embarazada, y se necesitaban nuevas sábanas, pañales...

—Total, que las vueltas que uno da a la noria no se terminan nunca en esta vida —decía en voz alta, mientras batía un puré gigante, para los vareneques que tanto le gustaba hacer.

La señora Gitl estaba extrañada.

—Qué raro —se dirigió al recién llegado mirándolo fijo—. Pensé que iba a aparecer una pareja y viene usted solo. Por lo visto, me estoy comenzando a equivocar.

Y, entonces, para su sorpresa, Jacobo Bernstein se volvió frágil como una caña hueca y se derrumbó en un sillón de la salita, y entresacando de su bolsillo la foto de su mujer balbuceó:

—Cuando ella tenga el hijo me mandará la foto —repetía una y otra vez, como un conjuro—. Y para ese tiempo yo habré juntado el dinero para mandarlos a buscar, yo habré juntado el dinero.

—¿Ve cómo se equivocó, señora Gitl? —dijo Minduca, enrojecida, revolviendo la pasta casi sólida de papas y cebolla frita—. Eran dos, tal como usted dijo, sólo que separados por un tiempo.

—Sí. Por un tiempo —había repetido Jacobo Bernstein con ardor, envolviendo la foto en ademanes llenos de nostalgia.

Por un tiempo... Esa frase se fue instalando en la pensión de la señora Gitl como una campanada de eternidad que resonaba cada vez como más lejana. Con los años, ella no recordaba cuándo había tenido esa conversación con el señor Bernstein —ya había dejado de ser Jacobo—, y con sus gestos tímidos y juveniles envueltos en bultos de emigrante con sus magros haberes escondidos, galopando por las estepas, en pos de la distancia. El huésped había ido cambiando. Lo primero, comenzó a llegar tarde y a tener secretos. Recibía papeles, llamados, de sílabas, recados.

—Éste no va a mandar a buscar a nadie, como van saliendo las cosas —pasó barriendo la Minduca, que seguía amaneciendo malhumoradísima a medida que su hija insistía en embarazarse año tras año.

El tiempo se había deslizado por el largo corredor. El señor Bernstein había ido cambiando, imperceptible, como los punteros del reloj, levemente más grueso, más tincudo, decía la Minduca, canchero, con los gemelos de oro y las corbatas de seda que aparecieron quién sabe cuándo, seguía murmurando, tasándolo permanentemente con el ojo duro de la desconfianza.

El día que el señor Bernstein mandó a planchar su primera camisa de seda italiana, ella se paró ante él mirándolo con sus ojos vivaces, y con las manos en la cintura replicó:

—Mire, don Bernstein, para que sepa, dos cosas bien claritas, porque a mí no me gustan las oscuridades: una, que las camisas de seda no se planchan y dos, que usted, a este paso y con esta vida que lleva no va a juntar nunca el dinero para que venga su mujer, yo no soy quién para meterme, pero me meto igual; ah, y tres, que existe el Correo: sería bien bueno que le fuera escribiendo siquiera.

La Minduca fue severamente amonestada por este exabrupto, razón por la que decidió no hacerle nunca más la cama al huésped y se contentó con pasar una franela por el suelo.

No se sabe si fue para no desordenar sus sábanas o por otra razón, pero el señor Bernstein comenzó a llegar de madrugada a la pensión, con los ojos enrojecidos, y dando leves traspiés, como si hasta para emborracharse fuera tímido. Había veces, sin embargo, que regresaba brillante y extrañamente feliz y entonces se convertía en un verdadero magnate derrochador. Mandaba a comprar pancitos de dulce a la esquina y convidaba a todo el mundo a un desayuno de reyes, que la Minduca servía con una furia incontenible, calculando en voz alta el precio de cada comestible hasta que la mandaban callar.

Las llegadas matutinas fueron aumentando en frecuencia y la corbata se le ladeaba cada vez más. A veces, el señor Bernstein llegaba cantando viejas canciones rusas y arrojando billetes altos dentro de su velador y cajas de fósforos de todos los burdeles y cabarets de Santiago.

Llena de rabia, y sin hacer caso de los gestos imperiosos de la señora Gitl, la Minduca pasaba rezongando fuerte por el pasillo, haciéndose como que lustraba el guardapolvo:

—¡Pobre mujer! ¡Si supiera en las que éste anda metido!

—«Éste» se llama señor Jacobo Bernstein, Minduca, y te agradeceré que lo recuerdes —cortó esa vez la señora Gitl—. Es todo un caballero, no ocasiona daño al mobiliario y es ordenado y puntual en los pagos. Creo que eso es lo que se puede pedir en una pensión.

—No, señora Gitl. En esta pensión se pide más, porque se da más. —La Minduca sabía ponerse con actitud soberana a veces.

Y no hubo caso de detenerla: continuó con sus celos. Le revisaba los bolsillos cuando llegaba medio dormido, le husmeaba las camisas en busca de olores y cabellos delatores que aparecían en abundancia y lo miraba desplazarse con la cabeza alta, segura, ni sombra del interrogante joven que había llegado años atrás.

—Pobre mujer —repetía Minduca, solidaria eterna de alguien a quien no conocía, en medio de una ronca furia.

Pasó todo el tiempo. La espiga de la espera maduró y se volvió mustia, dando la vuelta completa al ciclo de la paciencia y la esperanza. Los calendarios se cansaron de llevar la cuenta. Hasta que, sorpresivamente, un día, a la hora de almuerzo, el señor Bernstein dejó el tenedor en el plato y anunció tranquilamente, en medio de sus elegantes sienes de hombre triunfador:

—Señora Gitl, mañana voy a Valparaíso. Llega mi esposa y mi hijo. ¿Sería usted tan amable de arreglarme una habitación más amplia con vista a la calle?

A la Minduca se le cayó la fuente de la lechuga. Mientras limpiaba el vinagre desparramado por el suelo, repetía una y otra vez:

—¡Quién, pero quién lo iba a decir, qué cosas, qué cosas!

La pensión entró en una juvenil agitación de compromiso y campanas de fiesta. La fotografía de la dulce mujer, que había traído hacía años, fue enmarcada en plaqué y dispuesta en el lugar de honor. Todos miraban por las rendijas, preguntando más detalles. Entonces, el señor Bernstein sacó su mejor terno y en medio de un ademán de rey, que nadie olvidaría jamás, convidó a toda la pensión a Valparaíso a esperar el vapor *Liberty*, que traería a su esposa y su hijo.

El revuelo fue general. Todos se precipitaron frenéticos a sus piezas a lustrar sus mejores zapatos y descolgar bufandas. De una pieza a otra se gritaban datos sobre el clima, Valparaíso estaba nublado. La señora Gitl salió apresurada a avisar a su esposo para que encargara a alguien de las cobranzas ese día y que comprara el vino. Corrían las señoras por los pasillos pidiendo a gritos la plancha, saliendo en su estampida a zurcir las medias adonde la mudita de la esquina. Las jóvenes lloraban porque tenían que ir al colegio como todos los días, es injusto, gritaban. Los esposos gruñían pero gozosos también le quitaban una a una las naftalinas a sus abrigos, y lustraban sus zapatos con escupos de hombres experimentados en esto de las recepciones a esposas lejanas. La señora Molke y la señora Clara se pelearon por un botón que ambas reclamaban como suyo. Tocó el timbre la señora Melisa Cifuentes, la peluquera de enfrente, que entró con movimientos llenos de majestad y un maletín con papelitos y alambres: dijo que peinaría a las señoras en orden alfabético y que hicieran cola en el corredor, por favor.

Al fondo, respaldado por todo este revuelo, el señor Bernstein se paseaba, sonriendo, acallando también su nerviosismo.

Al día siguiente, una comitiva ansiosa, peinada de permanente y temblorosa de expectación, presidida por el señor Bernstein, más tembloroso que nadie, vestido como príncipe maduro con chaqueta de casimir, camisa perfecta y los hábitos de jugador y bohemio escondidos para siempre bajo la manga, miró atracar lentamente al *Liberty* en el muelle de Valparaíso.

Lloviznaba como una tela en el alma. Uno a uno fueron bajando los pasajeros. La Minduca ya no podía más con sus zapatos de charol, se cambiaba los guantes de mano una y otra vez.

De pronto, desde lo alto de la pasarela, se asomó un niño serio, sin color, como de ocho años. Venía bajando sólo con un paquete pequeño, muy parecido al que traía el señor Bernstein cuando llegó. Caminó derecho, algo marcial, pasarela abajo, sin curiosidad. Se quedó mirando, cortés, a la comitiva de la pensión. Vacilante, el señor Bernstein se acercó palidísimo. Todos lo vieron sacar la foto arrugada de su hijo.

—¿Eres Simón...? —comenzó.

—Sí —dijo simplemente el niño.

—¿Y tu madre? —preguntó temblando el señor Bernstein. Nunca la Minduca lo había visto tan desvalido.

—Allá —indicó el niño. Y todas las cabezas se dirigieron de golpe a la pasarela de arriba.

Venía bajando una mujer derecha, delgada, de cabello gris, vestida con un traje que le devoraba cualquier sonrisa o efusión y le sepultaba la sorpresa entre los profundos pliegues. Miró de frente a la comitiva que la contemplaba con la boca abierta y no hizo un solo gesto. Miró después al señor Bernstein y no sonrió.

—No has cambiado. No has cambiado y yo sí. Nueve años y la pobreza la cambia a una aunque no quiera.

Se pasó la mano por la cara como para borrar definitivamente cualquier sonrisa de acogida y se quedó en silencio, dócil, lejana, apoyada en la barandilla del muelle, la de las despedidas del amor.

La vuelta a Santiago fue fúnebre. Nadie se atrevía a decir nada. La señora Gitl miraba por la ventanilla del tren con los ojos húmedos. Pensaba en su sueño de hacía tanto tiempo, cuando había sentido que prefería que no hubiera nadie en la puerta. Decididamente el orden en los pagos no era todo lo que se podía pedir en una pensión. Ella recibía vidas enteras en sus manos. Y éstas florecían o se marchitaban como papeles amarillentos. ¿Hasta cuándo podría resistir a la vida oscilando entre la tristeza y el contento, allí en calle Echeverría, sin que nadie la pudiera detener?

En la noche llegaron. La mujer miró las guirnaldas de los festejos y se acercó a la foto enmarcada en plaqué, de ella misma nueve años antes. Reconoció su piel humedecida de ilusiones y suspiró, leve.

—Demasiado tarde —dijo. Enseguida miró fijamente a la señora Gitl.

—Quiero que me recomiende otra pensión —pidió, sin rabia, sin dureza—. Creo que usted entiende.

—Sí —dijo la señora Gitl, tristemente—. Creo que entiendo.

Enseguida, la mujer, haciendo envejecer la foto en el marco de plaqué, tomó a su hijo de la mano y sin una queja ni una lágrima salió por la puerta de cristales esmerilados.

Todos miraron al señor Bernstein, que parecía haber envejecido un cuarto de siglo.

—Ya no necesito la pieza grande, señora Gitl, gracias —susurró. La seda de la camisa le colgaba como un lamento. Miró penosamente a los concurrentes y dijo—: Comamos. Para que no se pierda. —Los ojos le temblaban en dos llantos secretos.

Entonces, la Minduca, ella tenía que ser, se acercó al señor Bernstein y le dio un abrazo inmenso de todo el territorio perdido. Todos vieron en silencio, con los platos sin tocar, cómo Jacobo sollozaba sin consuelo en su falda.

—No, señor Bernstein —dijo la Minduca—. Es que a veces a algunos les toca más amargura que a otros, eso es todo, no más. Por suerte a usted no le tocó tanto. Algo se podrá hacer. Que yo sepa, no hay nadie enfermo. Vamos, coman, que no voy a calentar los vareneques de nuevo.

Y enseguida, sin que nadie le diera permiso, la Minduca trajo el vino y lo echó en las copas de la celebración, mientras la señora Gitl buscaba con la mirada los candelabros. Había aparecido la primera estrella.

13

PROFESOR DE RELIGIÓN

En ese día, la señora Gitl echó de menos sus candelabros sabáticos.

En el primero que pensó fue en el encerador, el jugador de póker de los garitos de la Estación Central. Después deambuló por los alrededores considerando la posibilidad de que un ladrón hubiera entrado mientras ella dormía. Casi se avergonzó de mirar inquisitivamente a la Minduca, que traqueteaba buscándolos, tan angustiada como ella.

Era algo espantoso. Como si hubieran desaparecido las columnas que sostenían el mundo.

Después de un exhaustivo reconocimiento por las piezas de sus inquilinos, en el que aprovechó para botar los cachivaches que se amontonaban por meses en los rincones, y largar acres comentarios a la hora de las comidas, la señora Gitl tuvo que reconocer que no había sido ninguno de ellos. Recorrió la casa armada de una linterna, para ver la posibilidad de un robo. Pero todo fue en vano.

Entonces emprendió una búsqueda fatigosísima

en sus habitaciones y en las de sus hijos, hurgueteando caja por caja, paquete por paquete. La Minduca revoloteaba a su alrededor, como un moscardón que se hubiera acabado de tragar un ladrillo.

—Señora Gitl... —empezó. Pero la señora Gitl no le prestaba atención. Que la dejara buscar, y que se quitara de en medio.

—Señora Gitl, eso era lo que le quería decir, que no busque tanto, no hay para qué. —Se miraba las uñas la Minduca.

La señora Gitl se impacientaba. Si no iba a ayudar, entonces que se fuera a hacer otras cosas. La Minduca se retorcía el botón de arriba de la pintora floreada.

—Los candelabros no están en ninguna caja, señora Gitl, le estoy diciendo —salió al fin la Minduca, emergiendo desde las profundidades de su indecisión.

La señora Gitl se quedó mirándola con una ceja en alto.

—¿Bueno? ¿Y? Minduca. ¿Tú sabes dónde están?

—Se los llevó la niña al colegio, señora Gitl, para el Mes de María. —La Minduca sumergía los ojos bajo el suelo, susurrando las palabras, hablándole a las baldosas.

Entonces la señora Gitl soltó todas las cajas de un golpe. Se puso muy pálida. Afuera, el viento del otoño empujaba trabajosamente a la melancolía venidera sobre la calle Echeverría. Y más lejos aún, se comenzó a oír una música lejana que era triste, con sabor a pianola vieja, a puerta cerrada.

—¿Para el mes de «quién», Minduca? —preguntó temblando.

La hija de la señora Gitl y sus dos hermanos fueron sometidos a un interrogatorio, y relegados a sus piezas esa tarde. Que supieran que era algo gravísimo. Algo que muy pocos habían hecho. Minduca amasaba pan hasta la desesperación, haciendo silbar la masa aterrada, mirándose la pechera con harina. A ella tampoco le parecía bien que la niña hubiera sacado los candelabros, pero de ahí a hablar de sacrilegio. Mal que mal, ella la comprendía, señora, es tan lindo el Mes de María, y los desfiles de todas las niñas vestidas de blanco, como ángeles menos ella, usted tiene que entender. Pero no estaba bien, no. Aunque fuera el Mes de María. Aunque la niña quisiera vestirse de ángel para la procesión de fin de año con gasa blanca. Aunque quisiera representar a la Virgen en la fiesta del ocho de diciembre. Aunque el padre Baeza le llenara los bolsillos del delantal de calugas en los recreos a la niña, y le prometiera ser nada menos que sacristana si se convertía.

—Mamá, es que a las sacristanas les dan recortes de hostia después de la Misa y se comen con manjar —sollozaba la niña con su hermoso pelo revuelto sobre la almohada. Los hermanos no decían nada. Aguantaron a pie firme el castigo de sin postre una semana. Le hablaron a la Minduca sobre los mártires cristianos. Ella los hizo callar, metiéndoles un pancito con crema en la boca y pidiéndoles que ni siquiera pensaran en eso.

—Chist, eso es sacrilegio —dijo—. Además ustedes ya no pueden ser mártires cristianos, niños, ¿no ven que los operaron ahí? —Y mostró la región de los calzoncillos.

Esa noche cuando regresó el señor Samuel fue recibido por su esposa, que se encerró con él en el salón de las solemnidades en cónclave absoluto. La situación era grave. Desde su llegada a América, los niños habían estado siendo catequizados porque ellos no lo habían prohibido por escrito. Y de esto no habían sabido una sola palabra hasta el asunto de los candelabros.

—Hay que arreglar el daño a como dé lugar. —El señor Samuel tenía las cosas claras y una visión práctica. Para el veneno, había que comenzar luego con el antídoto.

Y así fue como desde ese martes, la señora Gitl se puso a buscar en forma desbocada un profesor de religión judía para sus hijos, que parecían irremisiblemente condenados después de un año de catequesis católica. No podía ser cualquier profesor. Su marido no tenía tiempo. Y tampoco era experto en la doctrina. Debía ser alguien muy poderoso, capaz de contrarrestar la perniciosa influencia de un rito extraño. La señora Gitl pensó toda la tarde y fue a su pieza a ponerse el sombrero de las decisiones irrevocables. Y a cambiarse los zapatos. Tendría que visitar al rabino y ponerlo en antecedentes de lo ocurrido.

La música que rodaba calle afuera como una moneda de plata aumentó la fuerza de sus compases y el otoño se instaló con toda su lejanía en el paisaje de la calle desprendiendo una a una las obstinadas flores rosa de una primavera pasada que insistían en florecer en el tronco de los ciruelos. Algunas puertas de la pensión se abrieron y aparecieron corriendo niños que hicieron tropezar a la señora Gitl, que avanzaba tambaleándose en sus tacones altos de las visitas formales.

Iban enloquecidos y desencajaban puertas.

—¡Es el organillo, el organillo! —gritaban—. ¡Se equivocó, no es primavera, pero vino igual, mamáaaaaa! ¿Me compras una pelotita de aserrín y un papelito de la suerte? ¡Mamáaaaa! ¡Yo quiero ver al mono primero, déjame pasar, idiota, quítate!

La señora Gitl llegó tropezando a la puerta abierta de su casa. El viento del otoño silbaba junto con la canción de tres notas. La señora Gitl creyó que veía visiones. Se apoyó en el paragüero. Y llamó a la Minduca para que estableciera la realidad de las cosas. No era un organillo. Era una verdadera *katerinka* rusa, legítima, decorada con las mismas volutas de colores vivos y las figuras de príncipes a caballo que las *katerinkas* rusas de siempre. No había un mono, sino un papagayo que entregaba unos sobrecitos de colores con la suerte escrita en ellos. El hombre que estaba en el umbral de la pensión retrocedió un poco al ver la cara desencajada de la señora Gitl y un vaho de tristeza pareció retroceder con él.

Era tan joven, pensó la señora Gitl. Por qué tan joven y tan derrotado. Pareciera que hubiera salido de una guerra sin cuartel. Por qué esos pantalones flotantes de payaso y esa absurda chaqueta de profesor. Y por qué a esta hora, en su umbral, por Dios, justo cuando ella iba saliendo para ver al rabino por un asunto realmente importante.

—Po... po... po... po —se arrastró la voz, quedándose prendida en una enredadera invisible. La desesperación gutural se venía bajando desde sus hombros estrechos que se inclinaban hacia su *katerinka*, apoyada en ella como en una muleta.

—¡Minducaaaa! —llamó perentoria y nerviosísima la señora Gitl, aferrada absurdamente a la manilla de su propia puerta de entrada.

—Señora, no me grite. Aquí estoy —salió la voz de la Minduca desde las macetas de la entrada.

—¿Qué dice que quiere, este hombre? Minduca atiéndalo, yo voy saliendo donde el rab...

—Dice que él tiene esa absurda chaqueta de profesor porque es profesor —sonó la voz de la Minduca. La señora Gitl se apoyó en el marco de la puerta y transpiró. Pero eso ella sólo lo había pensado. Además, ¿cómo iba a ser profesor ese mendigo? ¿Es que se habían puesto todos de acuerdo ese día para volverla loca? Sentía que los árboles comenzaban a girar mientras ella apenas podía dar un paso en lo alto de esos horribles zapatos nuevos.

La Minduca se irguió en toda la pechera de su delantal y su cara se volvió impenetrable.

—Le estoy diciendo lo que él dice, señora Gitl —dijo—. Yo no sé si usted lo pensó o no. No todos podemos trabajar en lo que somos realmente. Si este hombre toca el organillo es porque necesitará, ¿no cree? Igualito que su marido no más, puh, señora Gitl, que vende semanal y ¿acaso no es letrado? Pero a veces hay que comer no más y yo no creo que sea just...

La señora Gitl cortó bruscamente de un manotón en la ventana la andanada social de la Minduca, que no tenía trazas de terminar.

Todos los niños del barrio se apelotonaban en torno a la *katerinka*, tocando con dedos pegajosos las bellas pinturas de madera pintada en volutas doradas y las caras tristísimas de las princesas con velo de tul y sobre todo al loro que se escapaba de saltos y graznidos en medio de los movimientos rectilíneos de sus ojos de cien años.

—En realidad —recapacitó la señora Gitl acudiendo a su último resto de serenidad— no es primavera, cierto. No deberían venir organillos.

—¿Qué hace usted aquí con una *katerinka*, más encima?

Entonces la pechera de la Minduca se interpuso en medio de un marco protector y los tomó a los dos del brazo:

—Mire, señora Gitl, nos llevamos al aparato este, la *katinka* o como se llame y usted y él se me van para adentro a conversar, porque aquí se van a volar de tanto viento que corre, y además porque son dos seres humanos y los seres humanos se entienden conversando desde que el mundo es mundo. Yo le cuido el loro, caballero, no se preocupe —dictaminó y se llevó firmemente a su patrona y al hombre pálido a la salita donde se interrogaba a los nuevos pensionistas. La señora Gitl revolvió los ojos indignada mirándola, pero la Minduca permaneció inconmovible.

En la salita, en medio de la niebla de tristeza del hombre, que hacía humedecerse los cojines de los muebles, y de la presencia nostálgica de la *katerinka*, éste contó su historia en medio de una pedregosa tartamudez que lo hacía trepar por cada palabra como si fuera un acantilado, una historia sin cimas, una vida de otoño, sin primaveras.

Era profesor de religión. Venía de la Ishiva del Santo Rabino de Bal Shom Tov, fundada en 1703, una de las más prestigiosas de Rusia. Había estudiado años sin parar para ser rabino. No sabía hacer nada más.

—¡Pero por Dios! —dijo juntando sus manos, llenas de desesperación, la señora Gitl—. Cómo va a enseñar usted así, si...

Se detuvo al mirar los ojos del joven, llenos de unas lágrimas fluidas, redondas y perfectas como las hermosas palabras que no podía pronunciar.

La Minduca, con su delantal ondeando como una fragata se introdujo en el salón y encontró que el hombre estaba muy delgado y necesitaba reponerse.

—Señora Gitl, yo creo que le podemos dar la pieza del Guerrillero —dijo—. Está vacante hace tiempo y lo único que conseguiremos es que se llene de moho. Sería un pecado que se echaran a perder las bisagras de la puerta por no abrirla, ¿no cree?

Algunas veces la Minduca era incontestable. La señora Gitl parpadeó y buscó el manojo de llaves. Un pensamiento loco le subía por la garganta como otro vendaval propio: era absurdo, su marido se enojaría, pero tal vez podría...

El joven, patético, con sus pantalones flotantes cuatro tallas más grandes, sin el apoyo de su *katerinka*, esperaba temblando, ante esta mujer de boca bondadosa y gruesa, que se demoraba, se demoraba en aceptarlo a la vida. Le venía como un mal sabor de boca la imagen de otra mujer, hacía tiempo, echándolo de su casa, al saber que había salido mal en el último examen, por el simple hecho de no poder pronunciar las palabras correctas que bailaban en su mente. El grito de la que había sido su esposa le horadaba los recuerdos como un punzón feroz, sin silencio.

—Debes de haber estado borracho. No hay nadie que no pueda hablar estando sobrio. Y no quiero aquí borrachos, así es que te largas de esta casa. No vuelvas nunca. No estoy para ser la esposa de un tartamudo, ¿oíste? —Y le había abierto la puerta empujándolo a la calle del mundo.

Ahora, en esa salita —abrió los ojos—, otra mujer, tan distinta, otra voz, lo empujaba suavemente hacia el interior de una casa tibia, iluminada con el olor a pan recién hecho y llena de los niños del barrio que lo contemplaban sonrientes, admirados, pasando el dedo por su *katerinka*.

Mientras sacaba del horno los pancitos, la Minduca miró a la señora Gitl. Ésta miró a la Minduca y ambas sonrieron en un puente cómplice e indestructible. Se haría lo que debía hacerse. Y que no se hablara más del asunto.

El nuevo profesor de religión judía había llegado a la pensión. La Minduca almidonó cortinas y colchas y las puso en la pieza que había sido del Guerrillero.

—Tal como corresponde a un rabino —decía ella barriendo la pieza lúgubre hasta dejarla sedosa como una castaña y llenarla de pañitos a crochet. Una mesita, estantes para los libros. Dentro del armario, se fondeó la *katerinka*. La vida de derrota había terminado, la Minduca animó en el hombro al profesor.

—Y puede ser un poco rabino aquí, por lo menos en su pieza y en el patio con los niños, a ver si se les mete la religión al derecho de una vez por todas —dictaminó, poniendo mantequilla a todos los panes.

A la tarde siguiente, después del colegio, el grupo de niños recibió con desilusión al nuevo profesor de religión, con pantalones de payaso, contratado por la señora Gitl. Era el colmo. Más trabajo. Y tendrían que estudiar también los domingos.

El señor Moshe Baraban entró a la sala, nervioso. Se le cayeron los libros a la entrada y tropezó con ellos. No atinaba a pescar la tiza para escribir en la pequeña pizarrita. Los niños del barrio enloquecían de risa al observar sus zapatos inmensos que chapoteaban en el vacío en medio de pasos cautelosos.

Escribió en la pizarra: «Jehová Dios Unico.» Y lo mostró a la clase. Tenía los nudillos blancos de terror.

Los niños se codearon y llenos de risa comenzaron a gritar: «¿Quée? No veo. La pizarra no se ve, señor profesor.» Díganos qué escribió ahí, lea profesor. Se movían, secreteándose, con la burla corriendo como reguero de pólvora de un extremo a otro de la sala.

—Je... Je... Je... Je... —El rostro del profesor se ponía violeta atravesando el infierno de las sílabas.

«Jejejeje. Se está riendo el profesor. ¡Qué divertido es! ¡Es un payaso!», gritaban los niños, subidos a los marcos de las ventanas, tirándole bolitas de papel ensalivado. Las voces, como ratones, mordían hasta el último hueso del orgullo. Cuando al fin agachó la cabeza perdido en una tempestad de sollozos sin sílabas, el delantal gigantesco de la Minduca apareció llenando el universo y el marco de la puerta que comunicaba la cocina con la sala.

—Qué es lo que pasa aquí —tronó—. ¡Se me van todos a la pieza, castigados sin postre y sin nada! —gritó—. Señora Gitl —añadió—, venga y vea esto.

La señora Gitl se había sacado los zapatos de ir a ver al rabino y había recuperado las cosas claras. Estuvo de acuerdo. Todos a la pieza, sin comer y con las cortinas cerradas.

Pero entonces, desde el fondo de la silla raquítica como él, el maestro de religión movió la cabeza.

—No... no... no... no... —empezó. Enseguida se levantó y tomó a los niños de la mano y los llevó a su habitación.

Entonces, mientras el otoño se enroscaba dulcemente sobre Santiago, se oyeron las maravillosas notas cabalgantes de la *katerinka* floreciendo en el patio, tocando la canción que la señora Gitl bailaba en sus sueños de nieve rusa con las siluetas de los suyos.

Ella y la Minduca se fueron acercando a la pieza del maestro. Y se quedaron con la boca abierta. A cada melodía, el loro llevaba en el pico un sobre de color diferente para cada niño. Éste, serio, y solemne, leía la pregunta escrita:

—¿Quién es Jehová?

—¿En cuántos días creó Dios el mundo?

—¿Quiénes fueron nuestros primeros padres?

Con voz clara de soldados y emocionada, los niños iban contestando y las respuestas florecían en medio de la pieza húmeda. El maestro los corregía, escribiendo en la pizarra. Las coronillas doradas y morenas de los chicos estaban absortas, ligadas por la magia del momento.

Si la respuesta estaba correcta, se oían entonces las notas, llenas de príncipes y lagos y hielo azul de la *katerinka* rusa. Si algo faltaba en la respuesta, graznaba el loro corrector.

Costó un triunfo para que los chicos fueran a tomar té esa tarde... Nadie quería irse de clase de religión. Al día siguiente, los bolsones volaron por las escaleras de vuelta del colegio y se vio al tropel ruidoso detenerse un momento frente a la puerta del señor Moshe Baraban de Bel Shom Tov, quien al fin, con las dulces sílabas de sus manos, empuñaba una melodía triunfal en medio de esa primavera equivocándose en medio del otoño.

El único niño que no asistió a esa clase memorable fue Leo.

14

REIZEL

Leo miró a su madre; ésta no lloró ante la inauguración de la lápida del que había sido su marido y se sacó el pañuelo negro. Habían pasado once meses.

Leo era así. Simplemente sabía cosas, aunque tuviera cinco años.

No salió a saludar a su nuevo padre que entraba en la pensión pisando fuerte y sin mirarlo. Se escondía en los rincones y se ponía ahí a soñar ahincadamente con la cara de su padre que lo tomaba en sus brazos y que traía dulces en cada uno de sus bolsillos. Y le sonreía.

Alguien le dijo que su padre ya no iba a volver más.

—¿Y éste, cuándo se va? —preguntó Leo al rincón.

Pero también allí lo hicieron callar, que no dijera esas cosas.

Por andar mirando detrás de los árboles y a los rincones en busca de su padre, Leo tropezaba. Ya los profesores hablaban de torpeza congénita cuando el hombre que vivía en la pieza del pasillo con su madre y él enarcó las cejas con la mano levantada.

—Ten cuidado —le dijo—. Una vez más y verás lo que es una paliza. —Y la una más llegó. A los nueve años. Mandaron a Leo a comprar el diario. Llegó sin nada y sin dinero.

—¿Qué te ha ocurrido esta vez, hijo? —Su madre lo miraba suplicante.

—Me caí en la calle y —comenzó a explicar, pero se dio cuenta que sería inútil. Su madre se había encerrado a llorar en la cocina.

El hombre lo miraba con esa mirada colérica de los perfectos extraños.

—Así es que el estúpido se da el lujo de perder el dinero.

—¡Ha caído en el hielo...! —sollozó la madre desde la cocina.

—¡Claro, mujer, para qué más! Consiéntelo y todo se arreglará —dijo el hombre en voz alta.

Y dirigiéndose a él en un cuchicheo le dijo:

—¿Crees que voy a dejar pasar esto así?

Leo sabía que no. Pensó en salir corriendo pero se quedó quieto. Le daría alcance en un segundo.

El hombre sacó más dinero y sin mirar a la mujer le tendió los billetes:

—Anda a comprar otro.

La madre de Leo lo miró cuando iba saliendo, arrebujada la cabeza y la boca, nuevamente con el pañuelo triste.

Pero ya no había remedio.

Cuando quedaron solos, el hombre descolgó la

varilla de limpiar alfombras. Golpeaba como si le hubiesen huido los sentidos, sin descanso, sordo a los gritos. Los ojos, las rodillas, la boca, nalgas. Un relámpago de dolor inmovilizó a Leo y no pudo seguir corriendo locamente por la estancia, guareciéndose con los brazos.

—¡Por favor, no más!

No podía decirle «padre». Con los ojos cerrados asistía a su mala estrella. Agachado. Así sería siempre la vida para él. Los golpes cayendo sobre su espalda y él, agachado, aguantando por los siglos de los siglos.

¿Castigo? ¿Suerte? ¿O el destino de los que pierden a su padre a temprana hora? Todo se le amasaba a Leo en un día aciago, cuando miró a su madre quitarse el luto.

Leo dejó de ser Leo. En la Tierra de la Libertad, era sólo «el cojo de la calle Echeverría». Pronto se dio cuenta de lo que significaban esas palabras y creció para adentro como una planta pensativa. La pandilla se detenía en sus burlas ante él, pero él las esperaba, las sufría a ojos cerrados, como soportaba todo lo que lo rodeaba por aquel barrio bullente de risas y fruta.

Cuando los chicos comenzaron a convidar a las niñas, florecieron los ciruelos y el biógrafo puso una película de amor.

Andaban con una sonrisa bailándoles en los labios, excepto Leo, que arreglaba sus fierros cada mañana, causando unos ruidos especiales que hacían reconocerlo y que disolvía las carcajadas y el contento. A la costurera le dolía el corazón mirarlo y se iba para dentro moviendo tristemente la cabeza.

Todos pensaban que si hubiese sido malo, el cojo no podría esconderse: saldrían a la luz sus fierros y su terrible amargura, deslizándose sin sonrisas de bienvenida en los comienzos de la estación.

El padrastro ya no le pegaba. Leo lo miró un día desde su bello rostro.

—Pégame —le dijo—. Atrévete a pegarme ahora.

El hombre envejecía y permanecían en silencio, mirándose, mientras una tristeza persistente rodeaba a la madre, como una timidez que acallaba los gestos de amor.

No hablaban.

A veces, la pierna enfierrada le dolía y Leo se agachaba en un rincón y soportaba rechinando los dientes. Era ésa su vida sin ciruelos, sin primaveras, sin su padre.

¿Cómo podía crecer el muchacho desde la cintura arriba?, comentaban las vecinas de la señora Gitl en la pensión donde Leo vivía. «Las cosas de la vida», decían.

Pero Leo sabía que no eran cosas de la vida, sino de ese hombre descolgando la varilla para limpiar alfombras. El odio lo apretaba como un limón.

Esa vez había abierto la puerta de par en par, recordó. Y su madre con una fuerza que nunca más tendría se lo había arrebatado como leona, gritando:

—¡Maldito seas!

A Leo le gustaba recordar largo rato ese grito en los rincones. Era como recuperar brevemente a su padre.

Pero su madre se fue apagando como el final de

una vela y falleció antes de que Leo terminara sus estudios, cuando comenzaba un invierno.

Entonces el hombre descolgó el abrigo y se fue de la pieza. Leo cerró los ojos para no verlo ni siquiera partir. Aunque quedara solo en el mundo, en esa pieza que apenas tenía cómo pagar.

Se sintió aún más desdichado. Pero él, a diferencia de los otros muchachos del barrio, sí sabía por qué.

Su cojera no le permitió jugar fútbol, y las chicas que hubiese querido invitar al cine ya lo habían sido por los muchachos de cabellos ondulados que vivían también en la calle Echeverría.

Leo volvió a cerrar los ojos y se hundió más en la última fila oscura de ese biógrafo de barrio. Recordaba unos días de globos, con su padre elevándolos por sobre los árboles y los quitasoles para que él sacara los frutos de una cosecha olvidada. Recordó la gran casa de los primos con los que corría escaleras abajo. Luego iban muy serios a la sinagoga rodeada de abedules. Eran la promesa de algo, pensó Leo, arriscándose de dolor. La promesa de su padre había resultado muerta, como muerto estaba él. Sólo era el cojo de la calle Echeverría.

De pronto había llegado la muerte a la sinagoga de los abedules. Los cosacos recorrieron Rusia sembrando la flor negra del *progrom*. Toda la raza judía se agachaba en un rincón y cerraba los ojos, como él en este momento. De pronto, estaban todos en estaciones, muertos de frío, despidiéndose en medio de abrigos y lágrimas y paquetes.

Leo sollozó en su pieza. La señora Gitl rondaba

por el patio, preocupada: ese joven, que no quería nada de nada. Dieciocho años habían pasado desde que había dejado Rusia: la casa del rabino que le enseñó a creer en Dios en la calle principal, que comunicaba los villorrios entre sí, como una alegre boca llena de noticias y ruidos de vida; su propia casa junto a la de los vecinos que saludaban en las mañanas: gente humilde, asentada en la tierra, sastres conversando con su aguja en la mano, curtidores, cocheros. Todos judíos y los sábados llenos de dorada paz y mujeres con trenzas olorosas. Leo dejó que las lágrimas se le durmieran en la cara sin limpiarlas. ¿Por qué había sido tan, tan lejos su destierro? Qué dolor cuando veía a los deportistas practicando en el Parque Forestal, llenos de mágica fuerza y belleza... y recordó como en golpe de luz a su prima Reizel que apareció ante sus ojos cerrados, abriendo una puerta de la gran casa de su pueblo.

Reizel tenía su misma edad. Alguna vez habían ido juntos por la calle, dichosos, de la mano. Alguna vez...

—Ya debe de estar casada y con hijos —se contó a sí mismo—. Además no se fijaría en un...

Quedó en silencio desde la callada meditación en su silla llena de cojines y con los fierros de su pierna al aire, en carne viva.

Pero Reizel era buena, volvió a soñar: daba aliento a los pajarillos extraviados del nido entibiándolos en su delantal a cuadros.

Tal vez ella conociera a alguien que quisiera compartir su vida. No tendría que mentirle a Reizel, ni entrar en explicaciones ni mandar fotos. En la familia, sabían de su accidente.

Escribió febrilmente. Mandó la carta expresa. Trabajo tenía. Era el contador de casi todos los negocios del barrio y de la Casa Francesa. Todos llamaban al contador, cuando se acercaba la época de balance o de pagar impuestos.

Miró la pieza miserable. Algún día iba a tener una dirección particular. Ése era su otro sueño.

Y Reizel contestó la carta ella misma. Fue un día viernes, en un papel medio violeta:

—Soy viuda ahora —decía con esa voz suave suya—. Sin hijos. —Agregaba el milagro: le gustaría rehacer su vida.

Mientras besaba la carta, Leo se la imaginó seria, con su moño dorado y su largo delantal, sin dar gritos, ni agitar cintas, con esas pequeñas manos suaves que recogían pájaros.

Tenían la misma edad. Había sido un milagro.

Leo comenzó a trabajar horas extra en la contabilidad de una serie de tiendas del vecindario. Corría como loco, insuflado del ánimo de iniciar una vida con una compañera al fin. ¿Se imaginaban los que le decían «el cojo» que una mujer viajaría por él? No, jamás podrían imaginarse lo que era el llanto, la locura por ser como los demás hombres, preparando el nido para la compañera.

Recordó retazos de Reizel hundidos en la nieve de su infancia, armándola en su mente mientras se preparaba febril para salir de la pensión de la señora Gitl y arrendar una «casa particular». Encontró su sueño: una casa antigua, de corredores y un gran hall.

Allí llevaría a su Reizel, la de la bella sonrisa. Aunque quedara exhausto, aunque fuera su último aliento, juntaría el dinero. Si no, no podría llamarse hombre.

Su sueño parecía ahora armarse con los ojos abiertos y sin las viscosas lágrimas de lo imposible. Leo se convirtió en un verdadero león por ese tiempo. Desapareció su amargura y sus gruñidos huraños frente al plato de comida de la pensión. Por primera vez hablaba a los huéspedes, éstos le contestaban como a un ser viviente. Le brillaban los ojos cuando explicaba el proyecto de su casa. Vivirían cerca del convento, ¿conoce? Es una casa de tres habitaciones. Reizel tendría una para ella sola, le compraría una máquina de coser, pondré cortinas antes de que llegue, ayer vi unas lámparas en un remate...

Los que lo conocían, asistían admirados a este nacimiento.

La señora Gitl le acarició el hombro un día.

—Preséntame a tu Reizel, hijo. —Sonrió—. Es digna de conocerse quien parte haciendo milagros antes de llegar.

Y Leo le prometió que la pensión iba a ser el primer lugar que visitarían. Esa mañana rosada de ciruelos, Leo tomó su maleta y sus fierros y se trasladó a la gran casa. Iba con la cabeza alta, como un novio.

Pero en el viaje a Valparaíso, bajó el terror, y se le instaló como una sombra tozuda. Reizel lo vería y no iba a querer mirarlo siquiera. Menos abrazarlo, pensó. Pediría que la liberara de la promesa al ver los fierros y el gran zapato ortopédico. Lloraría tal vez y se pondría un pañuelo en el cuello para no acercarse.

Y Leo cerró los ojos como antes, presa de un temor inexplicable y se acurrucó en su rincón a llamar a su padre. ¿Sería que todos lo habían abandonado? Leo tiritaba con fiebre en el muelle, de pie, con su mejor traje. No sabía en qué afirmarse. La pierna le dolía atrozmente. ¿Cómo se había ido a meter en la locura de pretender a una mujer, como los demás?

Los fierros le corroían el alma.

Un sombrero negro acentuaba su fina palidez. La chaqueta floja cubría los anchos pantalones que disimulaban su rodilla muerta.

Primero bajaron los pasajeros de primera y segunda. Luego comenzó el desfile de los emigrantes, pero Leo no vio a ninguno.

Sólo a esa hermosa mujer de hombros serenos y boca calma que miraba interrogante. No llevaba sombrero ni modales afilados. Una sencilla falda negra y su chaqueta de piel, elegante, algo sola. Era Reizel. Mil veces más bella que la Reizel de los sueños y de la sonrisa de niño, sin delantal y sin moño, pero con ese aire de paisaje después de la tormenta, dulce y silencioso que él amó. La había elegido desde antes de nacer, desde mucho antes de sufrir, supo Leo al mirarla.

Los dos permanecieron mudos. Reizel lo miró con ternura y acercándose lo abrazó. Era tan suave como los sueños buenos, sintió él. Tomándola de la mano dijo:

—¡Al fin estás aquí! —Y sintió que había llegado con alguien a un camino ancho.

Ella lucía una larga cadena de oro.

—El reloj es para ti. Mi padre nos manda su bendición.

En el trayecto de vuelta casi no hablaba. Tragando

su felicidad a bocanadas, Leo apenas podía presentarle su nuevo país, sus nubes, sus carreteras.

Ella de pronto preguntó:

—¿Dónde viviremos?

— En la pensión de la señora Gitl —respondió Leo sin saber por qué, guardando el contrato de arriendo en el fondo de su bolsillo—. Nos esperan allá. —Y la boca le saltó de asombro. ¿Por qué había dicho eso?

Explicaría lo de la casa nueva a Reizel después de unos días. Necesitaba estar con ella en esa pieza donde había sido tan infeliz, recorrer ese barrio con ella, exorcizando la tristeza.

Quería abrir lentamente los ojos y encontrarse con su presencia que agrupaba los días venideros.

La señora Gitl los recibió con los brazos abiertos. Acarició a Leo en la cabeza, dijo a Reizel que además de ser bella era afortunada e hizo los mejores *gefiltefish* de la cuadra. Celebraba la muerte del sufrimiento del hombre enamorado y el nacimiento de ese amor seguro. Y a ella, la señora Gitl, le emocionaban los nacimientos más que ninguna cosa. Mandó a comprar pan trenzado y congregó a todos en su mesa. Rieron y brindaron por los años venideros.

Cuando Reizel ingresó a la habitación en el segundo patio con su novio, quedó de pie en el vano de la puerta. Pudo ver la pobreza en esa oscuridad vaga que borraba el color de la colcha, un ropero con el espejo manchado y la mesa redonda con el par de sillas. De golpe comprendió la tristeza que dibujaba la boca de su prometido.

Ya veremos cómo se arregla esto, pensó. Era una

mujer dulce. Se acercó a Leo y lo tomó por la cintura. Entraron los dos a la pieza.

Arrodillándose ante él, ella comenzó a desabrocharle el zapato alto de su pierna quebrada, le quitó la media y su mano que recogía pájaros extraviados del nido llegó a los fierros enhiestos.

—¿Te cansan mucho? —preguntó acariciándolos.

Pero sabía, como sabía él, que el mundo entero podía romperse en pequeños fragmentos sin que ellos lo oyeran, tan atentos estaban al alegre trigo que crecía en sus corazones. La felicidad bajaba sobre sus hombros como una capa largamente buscada.

Leo volvió a creer en Dios.

15

NEVABA EN MOSCÚ

A la mañana siguiente, había comenzado a soplar un viento helado que traía todas las hojas dispersas sobre su espalda. Cuando la señora Gitl abrió la ventana para que entrara el ánimo del nuevo día, se quedó con la cortina en la mano, absorta. Ya no estaba en la calle Echeverría: se hallaba en Moscú, en 1929, cuando la gran nevazón.

La nieve, un inmenso resuello blanco, se echaba sobre el mundo, instalando su magia cortante sobre la que resaltaban las siluetas perfiladas de árboles y casas.

Era una guerra blanca.

La señora Gitl sintió resonar voces en la escalera. Eran las de su abuela que venía acompañada por Dora, su hermana menor. Ella la tironeaba de las faldas.

—¡Tú prometiste, abuela! ¡Prometiste que yo te peinaría hoy!

Una oleada de sangre revivió en la señora Gitl, que se puso de pie de un salto, mientras replicaba:

—¡Nada que ver! A mí me toca hoy. ¡Tú la vestiste ayer de reina y te estás haciendo la que se te olvida!

—¡Abuela! —recitaron a coro. Pero ella las hizo parar con un gesto de manos grandes.

—Niñas.

Con la voz suave y venida desde lejos todos se aquietaban. Su voz era como la nieve. Hasta los locos remolinos del viento huracanado que soplaba afuera detenían un minuto el girar.

La abuela, entonces, se sentó en la pieza atestada de abrigos y baúles con remaches dorados y de fotografías en cajas. Y soltó su cabello comprimido en un moño. Fue otra nevada, más viva y sedosa que la de afuera. Hilos de nieve brillante corrieron por sus hombros hasta llegar casi a la cintura.

Las dos niñas contemplaron admiradas el manto de pelo de la abuela, que se veía como la Reina de las Nieves, pero con una bondad que torcía los fierros de las lanzas y hacía silenciarse a los lobos.

Ella entonces tomó un peine de carey y dividió su pelo con una partidura al medio.

—Este lado —anunció— es para Dora. Este otro, para Gitl.

—¿Y lo mismo con las cintas y los zapatos y los trajes, abuela? —saltó Dora midiendo rápidamente con los ojos cuál era la mitad más abundante. Porque Dora era la más inteligente desde que había nacido.

Después de sobreponerse a la desilusión de que su primogénito no hubiera sido hombre, el padre de Dora la había destinado a ser inteligente en la vida. Le había hecho memorizar la Torah antes de los siete años y la presentaba con orgullo mal disimulado en la sinagoga los sábados.

En cambio Gitl... Gitl era rubia, hermosa y de suave perfil, muy parecida a la tía Bruche. Y eso era un buen signo. En la familia, las mujeres se dividían entre las que eran parecidas a la tía Bruche y las que no lo eran tanto.

La tía Bruche era la belleza de la familia. Se había casado por propia elección y destino, como decía ella, con el tío Piñe Rabinovich, que ahora era comisario y al cual todos saludaban cuando pasaba con las espaldas impertérritas, revisando al pueblo y al planeta en las mañanas.

El tío Rabinovich no iba a la sinagoga y era bolchevique.

El papá de Gitl decía que la ruina de Rusia serían los bolcheviques.

A pesar de eso, una tarde, el comisario Rabinovich, acompañado de la hermosísima tía Bruche, que parecía no dejar huellas en la nieve, habían ido a avisarles:

—Lo mejor —había dicho él, prendiendo despaciosamente su pipa de cerezo— sería que partieran antes de octubre. Después no va a ser lo mismo —dijo enigmático, envuelto en el humo azul.

Y un comisario siempre tenía razón, máxime si éste era pariente cercano.

Entonces los padres de Dora y Gitl y toda la familia entraron en una prisa tan grande que atrajo el temporal. Cuando ése se desencadenó, todos se miraron.

—Imposible partir por ahora —dijo el comisario, mirando el informe de los caminos y moviendo la cabeza—. Hay que esperar que acabe la tempestad —agregó.

Octubre se acercaba caminando a buen paso.

La abuela, entonces, los había tomado a todos bajo su manto en esa casa de Moscú, donde la nieve no entraba, porque las puertas tenían tapados los rebordes con franela y se entibiaba el corazón oyendo hervir al samovar junto a la salamandra.

La nieve caía sin descanso, agobiando a los árboles y el cuchillo del viento silbaba en las orejas de los audaces que se atrevían a salir.

Las niñas comenzaron a peinar a la abuela, cada una desde su trinchera, mirándose y dividiendo cuidadosamente las cajas de cintas y adornos para el vestido.

Dora tomó fuertemente el cabello, mientras preguntaba por centésima vez:

—¿Por qué no nos dejan salir, abuela?

—Ya te he dicho —dijo la abuela sonriendo y moviendo levemente la cabeza hacia el lado de Dora.

—No es por el viaje a América —dijo Dora—, porque tío Piñe dice que América no es el fin del mundo.

La abuela se volvió como un barco lento hacia ella, con sus ojos llenos del color vivo de las castañas.

—Eso es muy hermoso. —Y repitió mirando la nieve que venía a besar el vidrio de la ventana, resbalando después—: América no es el fin del mundo.

—Ahí fue cuando supe —dijo la señora Gitl en voz alta en su nieve de la calle Echeverría—. Ahí fue cuando supe que nos veníamos a América.

La Minduca esperaba con el alto de toallas silenciosas y limpias entre sus manos, mirándola.

—Años que no nevaba en Santiago —dijo.

—No estamos en Santiago, Minduca —susurró sonriendo la señora Gitl y cerrando los ojos—. Quería tanto a Dora, ¿sabes?, la queríamos tanto, era... cómo explicar, tan segura, parecía montada sobre la vida como sobre un caballo salvaje. Nunca pude comprender... por qué se fue tan lejos, sin despedirse de nadie, a ella, que le gustaban las despedidas en los muelles y ver cómo las personas iban desapareciendo en la distancia... Se fue un día simplemente. Ahora, con la nieve, me acuerdo de ella tanto... Estamos en Moscú y mi mamá no nos deja salir a la calle hasta que pase el temporal. ¿Sabías que con un temporal de nieve nadie sale, porque se lo lleva el viento?

Y entonces Gitl tomó su mitad de pelo de la abuela y comenzó a enrollarlo en suaves bucles y a colgarle lazos oscuros de raso. El pelo dócil se quedaba en sus largos dedos sin moverse.

—No —dijo Dora, dividiendo el pelo de la otra mitad y tirando fortísimamente para hacer la trenza más firme del universo—. No es por el temporal que no nos dejan salir. Es por los tratantes de blancas.

—¿Qué son los tratantes de blancas? —preguntó Gitl mientras prendía la flor de seda morada entre las ondas de nieve de su abuela.

—Roban niñas para venderlas en el mercado, junto con la carne en las carnicerías. —Dora iba trenzando inmisericorde y el pelo marchaba rígido a tres bandas. Al final, anudó con un pasador negro, sólido. La trenza quedó colgando, como un látigo.

—Es por todo un poco —terció la abuela, pensativa, mirando cómo el viento movía la falda moteada de la nevazón interminable.

—Y porque mientras más cerca estemos ahora, más tiempo se acordarán de mí en América.

—¿Cuándo vienes tú a América? —se acercó mimosa Gitl, a sentarse en la rodilla de su mitad de abuela.

—Y mi abuela, Minduca, cuando yo hice esa pregunta, se quedó callada —dijo la señora Gitl, abrigándose, aunque no hacía frío en la pieza—. Nunca más la volvimos a ver, pero ella se quedó en el muelle repitiendo: «América no es el fin del mundo.» Y mi madre le gritaba a través del agua, cuando el barco se separó del muelle: «¡Nos veremos cuando haya buen tiempoooooo!»

»Ella contestaba: "Sí, América no es el fin del mundo!"

—Y era —se limpió una lágrima de cebolla la Minduca.

—Casi —dijo la señora Gitl—. Pero ahora con la nieve alguien va a llegar, ya lo verás.

—¿Quién? —La Minduca se agachó para mirar de cerca a la señora Gitl, que escuchaba atenta.

—No sé... alguien —dijo la señora Gitl, entrecerrando los ojos. Y bajando mucho la voz, musitó—: Ojalá sea Dora. Para que peinemos a la abuela, cada una la mitad como antes, y la vistamos, yo de reina y ella con esos trajes del abuelo, que le gustaba ponerle.

La nieve caía mansamente en un silencio que ahogaba la mañana. La señora Gitl se levantó y se puso el delantal dando una palmada y sacudiendo la franela de los muebles.

—Ya, Minduca, uno, dos, tres, se acabaron los sueños. Hay que trabajar mucho hoy. Mira que al almuerzo está Elías y tenemos que tenerle pastrami y preparar el samovar y panecillos para mirar la nieve. Apurémonos. —Y su silueta se alejó rápida hacia el fondo del corredor, tocando puertas, descorriendo cortinas.

Entonces fue la Minduca la que se quedó en suspenso, oyendo a la nieve y al velamen helado del viento silbar por la calle Echeverría.

—Sí, señora Gitl —dijo—. Alguien va a aparecer con esta nieve.

Y en ese momento, sonó el timbre.

La Minduca fue a abrir. Pero no había nadie.

16

EL FIN DEL MUNDO

Cuando la señora Gitl llegó al comedor con el jarro de agua caliente en una mano, el té en la otra y el ojo alerta para que no se le recociera el pan, encontró todas las luces prendidas y a su marido, don Samuel, vestido con el terno de los días de fiesta, esperándola, de pie.

A la señora Gitl casi se le cayeron los dos jarros. Hasta esa mañana, nunca se había dado cuenta.

¡Su marido era un buen mozo!

Tan buen mozo como ella no recordaba haberlo visto antes. Escudriñó en sus recuerdos, allá en Rusia en el invierno del año 1918, cuando ella entresacó el amor del hielo del río, como un pez sorpresivo, humedeciendo sus cabellos. Ella amaba entonces a Volodia. Respiraba con la respiración de Volodia, corría en el mismo trineo de su sueño, patinaban juntos en medio de los chasquidos del hielo que casi se quebraba a su paso por la tibia felicidad que derramaban. Aprendió a pronunciar el nombre de Volodia de cien maneras, hasta que perdía su significado, deshaciéndose en sílabas volátiles en medio de las agujas de los pinos.

Y entonces habían llegado sus hermanos triturando los delicados cristales de la nieve, pisando fuerte con sus zapatones llenos de sebo y de decisiones irrevocables. Queremos lo mejor para ti y Volodia no lo es, habían dicho, con voz de edicto sin vuelta. No usa barba, fuma los sábados, no; no es el hombre que te conviene. Ha cambiado su nombre judío y no puede tener buenas intenciones.

En medio del llanto de Gitl, surgió la verdad: viajando a Jarkov habían conocido en el tren a un joven que rezaba devoto la oración de la tarde.

—Le hablamos de ti —dijeron sus hermanos, mirándose los zapatos—. Vendrá a conocerte después de Pesaj.

Entonces Gitl secó sus lágrimas. Serían inútiles y no le gustaba que nada se desperdiciara.

Después de ese Pesaj había conocido a Samuel y se había casado con él en medio de la tristeza de aquel invierno. Y de pronto, en esa mañana en el comedor de Chile, en la calle Echeverría, lo veía y se daba cuenta que era un atractivo hombre de ojos claros, y unas espaldas de príncipe. Sonreía.

—Hoy día cumplimos veinte años de matrimonio —dijo don Samuel, solemne, levantando su taza en medio de los aplausos de los inquilinos.

La señora Gitl se sonrojó como una reina de primavera. Y la Minduca entró sin gruñir y con una fuente de pancitos tapados con una servilleta. Un olor a hogar constituido se esparció cómodo por el recinto. Los platos y las cucharas comenzaron a sonar. Entonces fue cuando de su bolsillo derecho don Samuel sacó el sobre con una cinta roja y se lo tendió a la señora Gitl, avergonzándose como un escolar.

—Para ti —dijo simplemente. Y le acarició la mano. Los hijos aullaron: «¡Que lo abra! ¡Que lo abra!» Los inquilinos se sumaron al coro.

La señora Gitl abrió el sobre y se cayó de la silla.

Era un pasaje, con un mapa dibujado.

—Para que vayas a Kiev —dijo dulcemente don Samuel mirándola con ojos nuevos—. La otra noticia —añadió mirando a los concurrentes que estaban con la boca abierta— es que acabo de comprar el local del Baratillo. Se acabaron los recorridos por las calles. —Y se sentó, acariciando levemente la cabeza de su mujer, que tenía los ojos llenos de lágrimas, mientras todos aplaudían como locos, gritaban *mazel tov*, *mazel tov* y pedían, por supuesto, una nueva ronda de té.

Con el pasaje vibrando en su mano, la señora Gitl salió del comedor sin sentir el suelo. Pisaba de nuevo la lisa piel del lago de su invierno de juventud, llevaba en la mano nuevamente el tarro con sobras de comida remojados en leche para los peces que asomarían por el hueco redondo del agua endurecida. Patinó aérea hasta la cocina, y de allí, por primera vez en veinte años de matrimonio, volvió al comedor sin traer nada.

—Lo que nos espera —dijo la Minduca levantando los ojos al cielo y retirando las tazas con la bandeja sin paño.

Las palabras de Minduca resultaron proféticas. Ante la perspectiva de volver a visitar su tierra, la señora Gitl entró en una mezcla de apuros y equivocaciones que la pensión no olvidaría por mucho tiempo. Tanto que se contarían las cosas dividiendo el tiempo en «Antes de lo del viaje» y «Después de lo del viaje».

Uno de los primeros síntomas fue que los estudiantes de la pensión —incluidos los hijos de la señora Gitl— perdieron todos sus cuadernos al mismo tiempo. Después de arduos rezongos e incursiones en los armarios, la Minduca los encontró, apilados en el horno.

Cuando la señora Gitl, sonriendo beatíficamente, le quiso pagar dos veces al destapador de califonts, la Minduca le arrebató el dinero de la quincena y lo depositó en su vieja chauchera, llena de arrugas.

—Ya, señora —ladró—. Ahora voy a manejar yo la plata, por lo que pueda pasar. Usted preocúpese del maleterío que va a llevar y déjeme a mí con las cuestiones reales. ¿Me entendió?

La señora Gitl asintió dócilmente. Abrió y cerró puertas, subió enloquecida a la buhardilla, arrastró baúles escaleras abajo y se le olvidó apagar absolutamente todas las luces.

Volvería. Volvería al castillo de estalactitas que habían descubierto con su hermana, bajo el pino gigante. Volvería a ensanchársele los ojos en la inmensidad del cielo cayendo sobre un horizonte de álamos sin fin. Volvería a su pueblo con las risas intactas y el hielo detenido por el amor de las cocinas y la gente alrededor del hogar. Volvería a sorprenderse ante los brotes de las flores que tenía clavadas en el lago oscuro de su retina. Volvería a contemplar todo ese tiempo congelado, y tal vez a sus primas, con pañoleta y botas, apisonando la nieve. Corrió al desván arriba en busca de sus propias botas, sin acordarse que habían quedado en Rusia, para sus futuras sobrinas, porque en América había sólo suerte y en Chile no nevaban sino flores. Su abuela las había mirado largamente al despedirse y había dicho «Chile no es el fin del mundo», aunque todo su corazón desgarrado lo pensaba así, viéndola alejarse lentamente, ya lejana, parada en la proa de los descubrimientos.

Cuando realizó el séptimo viaje escaleras arriba en busca del abrigo de piel con que había llegado a Santiago, la Minduca oyó unos sollozos que venían del desván. Se precipitó por la puerta de la cocina, sin secarse las manos.

Sentada en el suelo, la señora Gitl lloraba junto a los restos hechos tiras de su único abrigo de piel, todavía con restos de polillas y feroces mordiscos de ratones en el dulce cuero de marta. Ni la naftalina ni las añoranzas habían surtido efecto.

Minduca se agachó y echó todos los pedazos a una bolsa, tirándola luego a la basura, con una decisión que no admitía réplica.

—Esto es lo que pasa con las tonterías de los viajes —rechinó—. Cómprese un abrigo de verdad, señora, de casimir Tomé, como la gente normal, y deje de estar pensando en estas pelambreras. Ay, y le aviso que se me quemaron los vareneques, porque por subir a verla no apagué el horno a tiempo. Hoy no hay almuerzo. —Y bajó taconeando, en plena furia contra las gitanerías de irse y dejar todo botado—. ¿Qué se cree doña Gitl que yo soy? Yo no sé cómo me las voy a arreglar en estos meses, con el señor aquí y ella métale a irse al Polo Norte.

En realidad, en los días que siguieron, la Minduca tuvo tiempo de recapacitar y de decir que sólo había una cosa peor que los viajes y que eran los preparativos de los viajes. La señora Gitl flotaba por toda la casa, presa de la mayor desorientación con respecto a los puntos cardinales y a las horas; se le caían todos los objetos que pasaban por sus manos. La pensión de la calle Echeverría entró a un régimen de sopas, sopas de huesos, opinaban los inquilinos, de diversos espesores y humaredas. Todo se le quemaba, se le subía, se le recocía a la señora Gitl, que se afanaba en creciente preocupación por la fecha de la partida, tratando de poner en orden, una por una, las camisas, calcetines y pañuelos de Samuel y sus hijos mientras ella estuviera afuera, y de dejar escrito diversos platos de almuerzo y comida.

Después de mucho titubear frente a las vitrinas de la calle Santa Rosa —era su primera compra de un objeto que no era víveres—, la señora Gitl adquirió la tela de la lana más resistente y gruesa que pudo encontrar y se mandó a hacer su primer abrigo negro donde Loyola: un capote de estilo entre militar y campana ceremonial, con el cual se veía tan severa e insobornable como un rabino. El día en que paseó con él por el comedor de la pensión, pasó a llevar cuatro vasos de la mesa: el abrigo simplemente no se doblegaba ante nada ni ante nadie. Con él, la señora Gitl proyectaba una inmensa sombra por el corredor, la misma sombra de su futura ausencia. Una de las inquilinas, la señora Rebeca, coqueta y enamorada de la moda francesa, se atrevió a sugerirle:

—Si fuera usted, yo le pondría un cuellito, unos puños de algo... —La sugerencia murió en sus labios. La señora Gitl no parecía atender a nadie, reconcentrada en la preocupación de la partida.

A los diez días de haber iniciado los preparativos para su viaje a los orígenes, la pensión de la calle Echeverría estaba irreconocible: los inquilinos, perdidos, circulaban a altas horas de la noche tratando de encontrar sus sábanas, toallas, corbatas o camisas que la distracción y el nerviosismo de la dueña había cambiado de lugar o simplemente extraviado para siempre. Ése fue el destino de los siete pares de calzoncillos del señor Jacobo, el vividor más elegante de la pensión. Sus camisas de seda, después de una intensa búsqueda, aparecieron en el closet de las escobas correctamente planchadas y abotonadas.

Si no se fueron, fue porque los unía un gran afecto con la señora Gitl y porque sentían algo de franca curiosidad por ver en qué podría desembocar todo este asunto.

Sin saber por qué, la señora Gitl iba amaneciendo cada vez más angustiada mientras se acercaba la fecha de su partida. No se atrevía a decirlo a nadie, ni siquiera a la Minduca, que la miraba moviendo la cabeza como si la cosa no tuviera remedio.

Pero el día en que tuvo que ir al local de Samuel, al

Baratillo, para que éste firmara su permiso de viaje, la señora Gitl supo por fin qué era lo que sucedía en su corazón.

Samuel estaba en su elemento. Sin chaqueta, fornido, lleno de energía, con el pelo ligeramente revuelto y las bellas manos pesando las mercaderías, era el hombre más hermoso que la señora Gitl hubiera visto jamás.

Se quedó con la boca abierta. Y se sumó a un grupo de clientas que venían notoriamente a oírlo hablar, sin comprarle nada y moviendo la cabeza afirmativamente a todo lo que él decía. Le pedían consejos sobre niños enfermos, remedios para el asma, la soledad y el resfrío, no compraban azúcar ni harina. Todas querían que Samuel les escribiera las indicaciones especialmente para ellas.

La señora Gitl retrocedió hasta el umbral: una mezcla de regocijo y melancolía la invadió como una nieve nueva. Los ojos de su marido, del mismo maravilloso color de los álamos, parecían estar en medio de la vida. Todas querían estar cerca de él. Con sorpresa, ella vio que dominaba el español a la perfección y que las bromas le surgían leves, aleteando, en medio del local, aligerando el aire.

De pronto, una clienta antigua del semanal, entró y pidió una canasta de mercaderías y a la hora de pagar solicitó hablar con Samuel. Éste la miró por un momento, y accedió al préstamo, anotando los víveres en su libreta.

La señora Gitl intervino entonces, levantando los brazos al cielo:

—¡No te va a pagar nunca esta fresca! —dijo, irrumpiendo en el local.

Él la miró risueño.

—Primera vez que vienes —dijo.

Y a la señora Gitl se le llenó de calor la cara, como cuando amaba a Volodia. ¿Qué le estaba pasando con su marido? Él le mostraba el libro de los pagos, donde aparecían todos al día y le hizo ver los siete claveles que había traído, además, la señora Ana, hermosos como los siete brazos de la Menorah. La señora Gitl lo miraba hablar y sus gestos se le volvían quinceañeros y titubeantes.

Don Samuel atendía a sus clientas como si fueran la única mujer en el mundo. ¿En qué minuto había aprendido a hablar tan bien el español? ¿En qué minuto había aprendido a lanzar el verde álamo de sus ojos como un pescador experimentado? Era seductor, amable y muy buen vendedor. La señora Gitl se sintió de pronto absurdamente infeliz, repleta de maletas y bolsos y de indicaciones pegadas en la pared de la cocina para cuando ella estuviera lejos.

—¿Cómo se va a llamar el local, Gitl? —dijo Samuel pasando con la poruña, y mirándola muy cerca.

Ella aspiró intensamente el olor a harina tostada que despedía el local. La voz de su marido llenó su corazón. Se sentó en una banquita, a mirar cómo Samuel había aprendido a vivir en América. Él le pidió que acomodara unas cajas mientras accionaba la máquina registradora que despedía un tin-tín de tres campanitas cuando el dinero entraba.

Esto era América, entonces, pensó, encantada,

desde lo alto de los estantes, ordenando cajas y etiquetas.

—Puedes llamarlo «Pan y Sal», Samuel —dijo temblando por su aprobación, como cuando era adolescente—. O si no, «El Fin del Mundo» —añadió después semisonriendo.

—Me gusta más el segundo —dijo Samuel, sin mirarla, cerrando cartuchos, con el lápiz detrás de la oreja.

La señora Gitl volvió a la pensión, sola. Estuvo muy callada toda esa tarde. Ni siquiera abrió el horno, donde la Minduca se había esmerado, en medio del diluvio de preparativos de viaje, en la dorada piel de un budín de berenjenas perfecto que despedía un aroma placentero.

Tampoco dijo nada cuando sus hijos irrumpieron con la maleta que le traían prestada, de parte de la señora Volokov, la costurera de la otra cuadra. Y el neceser de viaje de cuero de cabritilla, gran lujo de la señora Teikel, que había sido en sus tiempos cantante de ópera.

Se arremangó y aventuró en el vapor de la olla donde se cocían las papas.

—Qué se mete, yo lo hago —dijo la Minduca, tratando de quitarle el lugar frente a la cocina—. No sé para qué va a empezar a cocinar ahora, en que debería estarse cosiendo los botones de las blusas que va a llevar.

—No las voy a llevar —dijo la señora Gitl con una voz especial. La Minduca levantó los ojos directo a ella y se quemó el pulgar.

—¿Qué? —exclamó.

La señora Gitl se armó de paciencia. Su moño se

había bajado unos centímetros, con la tranquilidad de la decisión tomada.

—No voy a ir, Minduca —dijo—. Pedí la devolución del pasaje.

—¿Y? —Los ojos de la Minduca parecían salirse e irse delante de su alba pechera. Olvidó revolver la salsa blanca.

—Y me lo devolvieron —dijo simplemente la señora Gitl, pelando apio—. No voy a Kiev. Pero no tengo el dinero —agregó risueña—. Me lo gasté.

A la Minduca se le chorreó el aceite fuera del sartén de los panqueques.

—¿No cree que son demasiadas cosas para una sola persona, señora Gitl? —cuchicheó desesperada, sofocándose y soltándose el cinturón.

—Es que tengo algo más importante que hacer —canturreó la señora Gitl, sacando la harina del tarro, para formar las papas rellenas.

Cuando don Samuel llegó del trabajo esa tarde, tuvo que abrir con su propia llave. La Minduca estaba en su pieza, echándose agua en la cara y alegando que la querían volver loca.

La señora Gitl le sirvió un vaso de té en los de cristal grueso que habían traído del pueblo. Se lo sirvió con limón y azúcar de pan, como hacía mucho tiempo no lo tomaban.

Samuel la miró y empezó a sorber su té. Algo le acercaba a su esposa. Estaba radiante y le brillaban los ojos, como cuando la veía ir con Volodia por el hielo de allá de Rusia. Reparó en el nuevo peinado, con el pelo dorado suave, fuera del moño riguroso.

—¿Peinado de viaje? —preguntó.

—No —dijo la señora Gitl, intensamente sonrojada y temblando como una ramita de álamo—. Peinado de quedarse. Te ayudaré con el local del Baratillo. Si tú quieres, claro —añadió. Y sus ojos castaños quedaron a la expectativa.

—Quiero —dijo don Samuel levantándose y tomándole las dos manos, que de pronto parecieron delgadas e inexpertas como las de la adolescente que había sido, al recibir el anillo, veinte años antes—. Claro que quiero. No contrataré ningún ayudante para ir al banco a mediodía. ¿Te das cuenta de que estaremos juntos, tal vez por primera vez, desde que llegamos a América?

—Me doy.

A la señora Gitl se le humedecieron los ojos. El viaje a América había sido decidido por la guerra y la miseria. Este quedarse lo decidía el amor. Un aroma de pan se esparció por toda la casa bendiciendo los rincones.

—Me compré algo con el precio del pasaje —dijo la señora Gitl, que tenía de nuevo diecinueve años y jóvenes las mejillas.

—Lo que tú quieras. —Samuel la abrazaba como nunca lo había hecho allá en Rusia, cuando su boda se erguía como fruta sin madurar.

—Espera. Te mostraré. —Y la señora Gitl salió corriendo escaleras arriba, canturreando la canción de *Solveig*, de Grieg, que había sido la primera aprendida en el piano.

Cuando volvió, por la puerta de mampara, en medio del asombro de todos los inquilinos y los hijos, venía entrando una Gitl hermosa, majestuosa, con el cuello y puños del astrakán más soberbio que se hubiera visto en abrigo de Loyola.

Samuel se puso de pie, como en el día de su matrimonio.

—Estás radiante —dijo emocionado, con las palabras trepándole por la boca. Le tomó las manos a su mujer. Le sacó dulcemente el anillo y se lo puso de nuevo. Las flores en los floreros se irguieron, llenas de ceremonia inaugural. Entonces, empinándose un poco, la señora Gitl besó a don Samuel en la boca.

—Sí —dijo—. Acabo de llegar a América, por fin. Y no es el fin del mundo.

ÍNDICE